# 學園寶藏代號C

澍澤高中寶藏傳說

海犬 著

VOL. I

# —序—

『給看著這封信的人：

I *L*ove yoU

若你能將這一半的心意完整量化，

我就獻上價值一億元的寶藏。』

這是我第一次收到的情書。

沒有寄件人與收件人，只有弔詭且不知所云的內容。

就連那句我愛你，也像寫信人因為過於緊張，而變得扭曲且大小不一。

不過當下我還不知道的是，這封情書在不久之後，將我帶入了一個出乎預料的高中生活——

追尋著二十年前，傳聞中被埋藏在這所學校裡，那價值一億元的寶藏……

## —01—

〈不知所云的情書〉

這封信的內容，無疑是某種謎題。

但問題在於，該如何解開這看似不知所云的內容當中，真正想表達的意義？

# 01

我的名字叫張尋樂。

雖然父母從未提起過，為何要替我取這樣的名字。

但任何看過我名字的人應該都能明白，父母希望我能夠追尋自己的快樂。

不過，我至今仍不知道究竟要追尋什麼，或許我就那種沒有夢想和目標的人吧。

可是我不在乎未來有多高的成就，也沒有特別想完成的夢想。

但我承認，唯一能讓我感到滿足的，就只有錢而已。

只要有錢，幾乎所有事情都辦得到，這樣就不著這麼快決定自己喜歡什麼了。

當然，能不用像社會上那些整天工作至深夜；或是以身體健康為代價，就能擁有用不完的錢，大概是世上最棒的事了。

所以剛才說還不知道想要追尋什麼，或許也可以說成正等待著什麼契機吧？

比方說，一個近在眼前，能馬上致富的契機。

然而那種契機，竟然在我高中時期被我給遇見了——

「澍澤私立高級中學。」

這是在二十多年前所建立，教育理念如同校名，希望能像時雨一樣，滋潤擁有各種專長的學生。

台灣唯一真正落實多元發展的高中，就非澍澤莫屬了吧。

然而這所學校眾所皆知的特色是，竟然擁有高達一百多種社團。

而且超過半數都維持了十年以上的歷史。

另外澍澤高中的畢業生裡，在當時社團相對領域的業界上，擁有不小名氣與成就的人也不占少數。

## 02

我選擇就讀這裡的原因，就是希望能在各種選擇中，找到一種自己還未發覺的興趣。

開學的第一天，我望著走廊布告欄上，那琳瑯滿目的社團招募海報。

絕大部分都是運動、藝術、飲食及科學類相關的社團。

此時周圍穿著相同黑色制服的男同學、以及穿著白色制服的女同學們，都爭先恐後地查看是否有中意的社團。

但是——

「這些我全都不感興趣啊……」

我這麼喃喃一聲後，就被周圍的同學給擠出了人牆外。

我嘆了口氣。

就如之前所說，我想要的是一個近在眼前，能馬上致富的契機。

運動類需要長久的鍛鍊，而且體質必須非常優秀才能站上巔峰。

藝術類則必須擁有極為突出的才華，尤其在台灣這種社會環境下，是非常難以生存的。

飲食類雖然為目前的大宗，但只有非常少數才能在這行業中致富。

科學類則需要非常龐大的知識與優秀的發明能力，才有可能在業界裡占有一席之地。

不過當然，任何事物若沒有努力過、拼命過，是不會獲得豐厚的回報。

想到這裡的我，開始對自己的想法感到羞恥。

「自己是不是太過於自以為了呢？」

這個世界上，或許不存在無須付出大量時間與健康，就能得到的財富吧？

不……就算有，也不一定會降臨在我的身上。
因為我並不覺得，自己是特別幸運的人。
——後來自我檢討了一番，覺得自己並不是不想努力與拼命。
而是希望找到一個，能願意去努力與拼命的事物。
然而那些社團的性質，都不是我願意付出人生去努力追尋的目標。
獎項、榮譽、成就，那些看不見、摸不著的價值不是我想要的。
我要的是實質上的價值，能換取金錢的東西。
人對於自己的興趣，大多都想在那興趣上奪得什麼成就，而努力去追尋那樣的成就，並當達到目標而感到心滿意足。
而我的話，大概是想追尋某種充滿價值的東西，並在獲得那價值連城的物品後感到心滿意足吧。

## 03

第二天只剩下相對冷門的社團。
布告欄前方的學生也比昨天少了許多。
變多的反而是那些冷門社團裡，急著想招募新人的學長姊。
他們為了讓人感興趣而使出各種花招——
比方說，園藝社的學長將自己打扮成一個頭上長草的吉祥物。
手上的野菜籃中，放著他們號稱可以試吃的自栽有機美生菜。
而玩偶縫紉社的學姊則在大熱天裡，穿著毛茸茸的兔子連帽毛衣，想以可愛的外型吸引學弟，諸如此類……

「那位學弟！」

此時，一名穿著綠色緊身衣、帶著泳鏡的男性小跑步到我身邊，並且興奮地問：

「你應該還沒有選社團吧！有沒有興趣加入我們環保概念社呢？加入我們就送環保杯和一組環保餐具喔！」

「呃……我不需……」

我婉拒的話都還沒說完，一陣宏亮的男聲就從另一處響起：

「來我們園藝社啦！每天都能照顧各種作物，不僅能對生命更加友善，也能時常吃到新鮮且有機的蔬果，對身體健康非常有幫助呢！」

他的聲音彷彿黑夜中的一盞燈光，周圍招募著社團的學長姊，彷彿被燈光吸引的蚊蟲一般，快速聚集了過來——

「拜託加入玩偶縫紉社，這個社團只剩下我一個人了，社團裡的布偶們都快孤單到死掉了的說！」

為了躲避那些如同獵食者般的渴望眼神，我轉身快速跑離現場。

誰知道他們竟然著魔似地追了上來——

「別跑啊，學弟！地球的未來得要靠你我一起維護啊！」

「不愛吃蔬果的話很容易生病的！」

「拜託跟我一起陪陪布偶嘛！」

我就這樣一路被追到校園的角落，直到我躲入一個陰暗的樓梯下方才甩掉他們。

「用、用這種方式要人入社……只會更把人嚇跑而已吧……」

我雙手支撐著膝蓋，邊喘著氣邊抱怨那些過於熱情的學長姊們。

然而當我鬆懈下來後，眼角忽然看見了一個在這種角落中，顯得非常突兀的東西——

我周圍堆著蓋滿灰塵的凌亂桌椅，就連牆面也因為疏於清理而長滿了壁癌。

可是在這種陰暗骯髒的地方，其中一張桌子的抽屜中，卻擺放著一封粉紅色的信封。

我因為好奇將信件拿出來，將信件拿到眼前時，從紙張上傳來一陣類似少女頭髮的香氣。

信的包裝上只有一個愛心貼紙貼住信封的開口，並隱約可以摸到裡面裝著一張信紙，但信封上沒有寫任何文字。

我蹲下來仔細觀察放置信件的桌子，不管桌面還是抽屜裡，都鋪滿了一層厚塵，就連方才信封放置的位置也是。

不過這封信，就像最近才剛被放進去一樣乾淨。

雖然偷看信件是不好的行為，但我卻因強烈的好奇心而打開了信封。

信封裡放著一張對摺的樸素白信紙。

我將信紙從信封中拿出，並打開來後發現上頭寫有幾行字——

『給看著這封信的人：

I Love yoU

若你能將這一半的心意完整量化，

我就獻上價值一億元的寶藏。』

這是一封情書。

任何人看到這樣的內容，都會有這樣的結論。

但我卻覺得，這封情書擁有非常強烈的違和感。

我當下想到的違和處有三點——

第一，如果這是情書，那麼應該是寫給特定的人才對。

但是上頭卻沒有收件人與寄件人，而且就這麼被隨意放在這種人煙稀少的校園角落，尤其開頭寫「給看著這封信的人」，也就是說可以是「任何人」。

第二，如果這是情書，那麼撰寫的人應該會花非常多心思在文字的工整上。

但雖然中文字非常整齊端正，但是英文部分卻呈現奇怪的扭曲，字母的大小寫排序怪異，而所有字母的上方，都很刻意地對其在相同的高度水平。

第三，如果這是情書，那麼內容也太過於不知所云了，這樣的內容我想任誰都無法理解想要傳達什麼樣的心情吧。

不過此時的我，想到方才那些追著我跑的學長姊，以及仍還有半數的冷門社團仍正在招募新生，將這些和這封信件的內容共同串連起來——

「如果我想得沒錯的話……」

隨後，我尋找下一處和這裡一樣，不起眼並堆滿桌椅的角落。

果然在另外三處的桌椅堆中，都找到了相同的粉紅色信封，內容也完全一樣。

在證明自己的想法無誤之後，此時的我能夠確定這封信應該是……

「啊！是剛才的學弟的說！」

一陣女性的高音打斷了我的思緒。

我往聲音傳來的走廊另一頭看去，一名穿著兔子造型、粉白相間連帽毛衣、綁著馬尾、卡其色長髮的女性，用一雙珊瑚色眼眸直視著我。

對方眼熟的打扮與獨特的口頭禪，讓我馬上就認出對方的身分——

這不是剛才追殺我的學姊嗎……

為了打消對方想要拉攏我入社的念頭，我了當地對著她說：

「不好意思，學姊，我現在還沒有決定要加入什麼社……」
「那封情書的說！」
對方忽然豎起食指，指著我手中的情書，讓我不禁怔了一下。
「妳也知道這是什麼嗎？」
聽見這個問題，對方猛點頭地說：
「每次開學都會有人惡作劇，在學校的很多地方放那種情書的說！」
我玩味地思考了起來，並喃喃：
「每次？」
兔子學姊食指指尖抵著下巴說：
「唔，是不是每次人家不知道，可是前兩年還有這次，我都看過一樣的東西。」
隨後她用一雙在教導般的眼神盯著我說：
「不過學弟千萬別上當喔！那絕對不是在對你告白，是惡作劇的說！」
我晃著手上的情書，笑著說：
「放心，學姊。我打從一開始，就不認為這封信是情書。」
沒錯，這封信並不是情書。
而是某個社團的招募訊息。
此時的我，頓時對這個社團充滿了濃厚的興趣。
然而並不是因為他以告白的創意，來進行招募的關係。
也不是因為他們將招募的訊息，充滿神祕感地放在鮮少人知的角落。
而是信中的那一段話——

『若你能將這一半的心意完整量化，我就獻上價值一億元的寶藏。』

「一億元的……寶藏……」

不管這封信內容的真偽，我仍因為那能夠直接打動我的具體價值，而揚起了興奮的微笑。

## 04

「我想各位應該都決定好自己的社團了吧？」

當導師這麼問後，班上同學們似乎像是都選到了中意的社課，而充滿活力地點頭回應。

「很好，不要忘記了，來澍澤念書就一定要參加社團活動，畢竟有百分之四十的期末評分都是社團成果展的分數。

所以如果沒參與社活，就要確保期末考滿分才能及格，我想這些大家都有觀念了。

那麼，關於還有一些必須注意的事項，請大家翻開學生手冊第三十二頁……」

當導師開始解說冗長學生規範的同時，我繼續將注意力放在這封信紙上。

這封信的內容，無疑是某種謎題。

但問題在於，該如何解開這看似不知所云的內容當中，真正想表達的意義？

『給看著這封信的人：

I Love yoU

若你能將這一半的心意完整量化，

我就獻上價值一億元的寶藏。』

我想最先需要思考的，應該是那句告白的話——

I Love yoU

這句話的字型特別突兀，除了字體怪異之外，字母的大小寫分配也令人非常在意。

首先以基本的英文句型來說，「我」；也就是「I」大寫確實沒錯，然而後面開頭的單字為大寫，也是時常看見的標題寫法。

但奇怪的是，為何「Love」這個單字字首寫作大寫，而「you」就寫成小寫呢？

如果是標題，應該寫為「I Love You」，單字字首皆為大寫。

亦或是內文寫法「I love you」這種，只有「I」大寫，其餘皆為小寫。

但信封的作者卻選擇了兩者皆非，字首一大一小的曖昧寫法。

然而如果是寫錯的話，也沒有道理我所找到的其餘三張相同的信封，寫法都一模一樣。

由此可知，字首一大一小的寫法，是這項謎題所需要的關鍵。

那麼接下來應該就是解開其餘的句子——

『若你能將這一半的心意完整量化，

我就獻上價值一億元的寶藏。』

雖然這封信最吸引我的話是「一億元的寶藏」，但我覺得這道謎題最重要的關鍵，應該是「將這一半的心意完整量化」這句話。

此時的我，不禁將身體往後靠在椅背上，捏著下巴思考了起來——

一半？

意思是這句告白的話只說了一半嗎？

完整？

也就是說要將這一半的告白台詞寫完嗎？

量化？

我不知道寫這封信的人是誰，理所當然我不知道他對我的愛有多少，所以我該如何量化這句告白的台詞呢？

如果量化是指將句子寫為量詞的話，那麼可以寫成「我愛你很多」、「我愛你很少」、「我愛你一點點」、「我愛你的全數」。

但即使寫成這些例子，仍沒有對這道謎題有任何進展。

……等一等。

如果這真的是某個社團的招募訊息，那麼解開後勢必得能夠引領解開的人，至某個位置或地點接受下一個指示吧。

位置或地點嗎？

我拿出學生手冊，在手冊的第一頁拉頁上，是澍澤高中的校園簡易俯瞰圖。

俯瞰圖裡，每幢大樓都用不同的顏色作為區分，並由英文字母做為代號。

校區範圍從學校前門開始，進入校門之後是一座廣場，廣場正中央擺設著國父像，而國父像左側則有個花圃，右側則是一座圓形噴水池。

然而在廣場後方，則是行政A樓，通過行政A樓的穿堂後就是操場。

如果位於操場的正中央，並面對行政A樓方向的話，右手邊是我所在的教學B樓、而左手邊則是教學C樓。

接著行政A樓位於操場的正對面是司令台，而司令台的更後方是禮堂D。

另外位於禮堂D與教學B樓之間，有棟文庫E樓。

禮堂D與教學C之間，則有棟體育F樓。

此時我的視線，注目在文庫E樓的字母「E」上。

因為這個字母，是唯一出現在這封信告白句上的字母——

*I Lov「e」yoU*

為了獲得更多線索，我將視線往背面的樓層編號目錄看去——

所謂的樓層編號目錄，是為了方便學生尋找目的地所設置。

例如我所在的一年甲班，是為於教學B樓三樓的第一間教室。

如此一來，就能先在樓層編號目錄中尋找一年甲班，後方就會告訴你編號位置——

一年甲班（B3F1）

『若你能將這一半的心意完整量化』

就當我緊皺眉頭，捏著下巴直視這句話並陷入苦思時——

坐在我旁邊正在整理著教科書的女同學，因為一個不小心而讓課本掉落至地上。

我的思緒被書籍落地的聲音拉回現實，看見對方因為雙手都捧著書而不方便撿起地板上的課本，而側身歪下腰打算替對方撿起來。

但此時的我睜大眼睛！

掉在地上的是數學課本，而在落地時正好開在目錄的地方。

我在看見目錄上某個章節旁的符號，讓我對信中的謎題有了重大的突破。那是高中一年級都會學到的數學符號——

平方根！

此刻的我猛然想到了一個關鍵——

我將數學課本撿起並放到她的桌上，對方露出感謝的笑容對著我說：

「謝謝你。」

「不，我才要謝謝妳。」

對方偏了偏頭，雙眼露出疑惑的神色望著我，似乎不理解我為什麼反過來對她道謝。

但我現在也沒多餘的心思解釋，而是將注意力放回信中的謎題上——

如果那句告白的話，就是指編號位置的話，那麼所謂的「量化」或許並不是句子上的量化，而是「實質」上的量化——也就是「數學公式」！

真正的關鍵在於「一半」這個詞。

如果不是句型上的量化，而是文字本身的數學公式化，那麼……

我將學生手冊翻至空白的一頁，接著在同一個水平上，依序寫下1、2、3、4、5、6、7、8、9、0、√。

完成後，我將手中的筆平放在數字的上方，以此遮住上半部。

這些數字分別變成I、L、ɔ、4、ɔ、6、I、o、y、U、v。

出現的結果令我頓時豁然開朗！

我明白了……

*I Love yoU*

實際上完整的內容是這樣的吧——

128√e980

把這個數學公式的數字上方切去「一半」的話，不就是「*I Love yoU*」了嗎！

這樣L寫為大寫，y寫為小寫就能說得通了！

因為「L」是將「2」的上方切除所得；「y」則是將「9」的上方切除所得。

所以「128√e980」這個數學公式，就是這道謎題的完整答案了！

我趕緊比對樓層編號目錄，從上頭的關鍵「E」字母，應該能直接聯想到文庫E樓。

接下來比對其餘數字——

文庫E樓只有6樓，因此公式前面的128絕對不可能是指12樓的第8間教室，因為根本不存在。

然而每層樓至多只有5間教室，所以也不可能代表1樓的第2 8間教室。

另外後方的980雖然還不知道真正代表著什麼，但目前的可能性應該就是——

文庫E樓的1樓第二間教室——

自由圖書室之2（E1F2）

## 05

我趁著午休較長的空檔，來到文庫E樓的1樓第二間教室。

教室門口上方掛著印有「自由圖書室之2」字樣的門牌，而門牌下方則又另外鍊著印有（E1F2）的副牌。

我走進自由圖書室之2，裡面空無一人，而且燈光連一盞也沒打開。

但以目前的天氣，若沒有在這裡面讀書的話，實際上也不需要開燈。

走進裡面後發現，裡面擺滿了好幾個高度直逼天花板的書櫃，而每個書價都擺滿了各式各樣的書籍。

然而當我往上看的同時，便馬上發現與數字有關連的東西——書櫃號碼。

仔細觀察，書櫃之間的間距都剛好能讓兩個人同時通過。

而中央則是一個能看見前方講台的大走道，以走道為中心，書櫃左右分別各四座並排在一起。

另外在書櫃的側面，都掛著金屬數字。

最靠近後門的是掛著數字「4」的書櫃。

然而最靠近前門的是掛著數字「1」。

左右分別四座書櫃，也就是說一共有八座書櫃。

這正好和公式上的第三個數字「8」對應。

我將信紙從口袋中拿出並攤開一看——

128√e980

1和2依序下來的數字是8，所以目前我所要找的應該是——E樓1樓的自由圖書室2中的第8號書櫃。

我來到8號書櫃後，望著書櫃上那多得令人眼花撩亂的書列。

我繼續尋找著接下來相關的線索，果然在書櫃的撐板上，看見了依序排列的小寫英文字母。

我將它稱之為a號櫃框、b號櫃框、c號櫃框以及d號櫃框。

所以我要找的應該是……

……沒有e號櫃框？

我仔仔細細來回看了好幾次，d號櫃框仍然是8號書櫃最後的一號櫃框。

碰到瓶頸的我有些脆敗的扶著額頭，低喃：

「果然錯了嗎……我目前所解的謎題方向，或許根本就不正確？」

即使如此，我仍不放棄第望著書櫃想找出一絲線索。

然而就當我重新看了一次信紙上的公式才恍然大悟——

128√e980

「對呀，根號！」

我驚呼猛然瞪大眼睛，並發現位於d號櫃框中的書列，與其他櫃框中的書列有一個特別不一樣的地方——

那就是其他櫃框的書都很整齊並無縫隙地擺放完整。

但d號櫃框中的書，左側只放著一本童書，並與右側的書列之間，相隔兩本字典的空間。

而右側的書列上方，還橫放著一本書。

如果將右側的書列下方往左邊傾斜，並支柱上方橫放的書本，不就形成和根號相同的形狀了嗎！

想到這的同時，我伸手將d號櫃框的書列往左一撥，此時從後方露出的東西令我又驚又喜——

是小寫e！

一個就像是暗門把手的東西，以小寫e的外型呈現在我面前。

為了打開暗門，我將d櫃框上的書籍通通拿了出來，接著拉開字母e的把手，後方的木製暗門便這麼被打開了。

然而出現在裡頭的，是一個金屬保險櫃，保險櫃前掛著三位數密碼鎖。

接下來我想任何人都知道該怎麼做了——

我將解碼輪盤依序調為「9」、「8」與「0」，就在完成的瞬間，保險櫃發出「喀」的一聲，門就這樣退開了。

將保險櫃開啟之後，裡面則又放著一疊信封。

但這次的信封不太一樣，是牛皮信封袋，約A4的大小。

我把其中一封信封袋取出後打開，發現裡面有兩張紙。

我首先拿出較大的紙張，一看才發現，這是一張社團的入社申請表。

一個名為「尋物社」的社團。

隨後我將較小的紙條取出，上面的字與情書的字跡一模一樣。

而上頭的內容是這麼寫的——

「恭喜你破解了我所設計的謎題，你絕對是我們要找的人。

希望你可以加入我們，讓我們一同找出傳聞中埋藏在澍澤高中裡，那價值一億元的寶藏吧。

——尋物社（E3F5）。」

看見後方那句話，雖然仍不敢相信是真實的。

可是那直接、明確的數目，還是讓我無法克制地再次露出了興奮的笑容。

# —02—

〈澍澤高中的尋物社〉

我的推理模式，就像是直線加速賽車，雖然不擅長引導出新的線索，但是……

卻可以在一瞬間統整所有線索、訊息與知識來解開謎題。

但若超過五秒還無法破解謎題，就代表我對此束手無策了。

## 01

文庫E樓3樓的最後一間教室；也就是尋物社「E3F5」。

這間位於三樓最角落的教室只有一扇門，而且也沒有能夠往內看的窗戶或通風口，到目前為止都帶給我一貫的神祕感。

然而最令我在意的是，這扇門並不是一般教室的樸素拉門。

而是在外層加裝了鐵欄式防盜門，防盜門後面則是歐式風格的木製雕花門。

我將手伸過防盜門的鐵柵欄，並敲了敲木門幾下。

「門沒有鎖，請進。」

從門內傳來一陣輕盈的女性聲響。

我吞了吞口水，腦中暫時不想去想設計出那種謎題、以及刻意保持低調和神祕感的，究竟是怎麼樣的一群人。

但就算對門後的事物有所不安，仍無法打退我對一億元寶藏的慾望。

因此我下定決心敞開了歐式木門，同時也敞開了那未知的領域——

掛在歐式木門後方上頭的小鈴噹響起，一陣風也因為開門的關係而從窗外吹了進來。

微風拂過身體的同時，我又再次聞到如同情書上相同的少女髮香。

白色窗簾飄起，並穿透出正午陽光而顯得耀眼。

隨後窗簾飄下，並微微撩過坐在房間中央的少女，對方微閉雙眼，伸手輕柔地撥了一下柔軟的紫丁香色髮絲，並如同貓咪一樣擺動了幾下輕巧的馬尾。

「歡迎光臨尋物社。」

少女緩緩抬起頭來，露出與正午陽光相襯相托的笑容說：

「請問有什麼需要委託或諮詢的嗎？」

我將視線停留在那笑容上幾秒。

對方眨了眨紫水晶般的雙眼，並疑惑地偏了偏頭。

「不，我並不是有什麼事情要委託。」

「嗯？」

我走進尋物社，隨後將門關上，並看了看周圍的環境——

少女坐在房間正中央的位置，那裡擺放著同樣具有歐式風格的書桌與木椅。

而位於少女右手側，則有一扇掛著白色窗簾的窗戶；左手側與後方的牆面都被書櫃給占滿，書櫃上與地面上也都堆滿了各式各樣的書籍。

我最後又將視線停留在少女的臉上，接著舉起手中的入社申請表。

當少女看見我手上的申請表後，微微瞪大雙眼，手中原本寫著文書的手也停了下來，隨後她就這麼僵著不動好幾秒。

不想等待她什麼時候才會再動起來，我便往前走將申請表放在對方面前的桌上，接著問：

「妳說的是真的嗎？真的有那個寶藏……」

還沒說完，少女猛然站了起來。

這次換我僵住了。

我抬頭直視前方，看見的並不是少女的臉，而是那不像高中生該有的大胸部。

隨後再逐漸抬頭往上看，才看見那正俯視著我的雙眼。

好……好高……

突然間一雙手猛然抓住我的肩膀，並過於熱情地搖晃了起來。
「你解開了智桃學姊的謎題？你真的解開了那個謎題！」
我被過於猛烈的搖晃而弄得說不出話來。
力氣……好大……
虧她長得輕巧可愛，體型和力氣卻與那長相背道而馳。
「許智桃學姊！終於有人解開那個謎題了！我們的社員終於可以增加了——學姊？」
少女此刻終於停下搖晃，但我感覺視線仍在旋轉。
「學姊，新社員是個學弟喔！」
少女回頭打算朝後方書櫃走去。
卻似乎因為太興奮，而沒注意到上方的鋁擠型吊燈，一頭撞上了上去。
「痛——」
她雙手摀著額頭痛苦地蹲了下來。
……她的發育能力實在太令人敬佩了。
我至少有一百七十六公分，頭頂卻只到她的胸部上緣。
所以我想她至少有兩百公分了吧？
……實在是太驚人了。
此時，一名擁有一頭愛麗絲藍、髮絲如揮發的冰氣般柔滑的長髮少女，從書櫃後方走了出來，並用那雙天青石色的眼眸，冷視著蹲在地上的高大少女說：
「妳再這麼撞下去會變得更笨喔，昕遙。」
「對……對不起，智桃學姊……」

隨後，名叫智桃的女性將視線轉到我身上，嘆了口氣說：

「真是的，害我白擔心了一陣子，還以為得廢社了。」

接著她邊說，邊走到中央的書桌後方，並「跳」了一下才能坐上椅子。

好……好矮！

這名叫智桃的少女，需要將雙手舉至胸部上方才能觸碰到桌面，這確定不是小學生嗎？

這樣的身高，大概只有一百三十幾公分而已吧！

「這幾年來，擁有偵探資質的人明顯變少了，但這次的新生並沒有讓我失望呢。」

我的視線在那高大的昕遙，以及面前這位矮小的智桃間來回游移。

如此巨大的高度落差，讓我的心情也像玩高空彈跳般起伏不定。

「……你們既然這麼缺社員，又何必用那種刁難的謎題來招募新生呢？」

智桃用奇怪的眼神瞥了我一眼，接著打開放在桌子角落的陶罐，裡面裝著七彩色的小熊軟糖。

她拿出一顆草莓口味的軟糖，隨後對著我說道：

「如果社員無法解開謎題，那麼人們便會對尋物社的能力感到質疑。」

將軟糖含入口中後，接著說：

「看來你對於澍澤高中的尋物社一無所知呢，虧你還能拿著入社申請表來到這裡。」

我攤了攤手說：

「我確實在這之前都不知道有這個社團，畢竟到目前為止，你們給我的行事作風就是保守又隱密啊。」

此時智桃露出了一抹深不可測的微笑，說道：

「令我更訝異的是，你似乎還不知道，自己辦到了絕大部分人都辦不到的事情呢。」

她將身體往椅背上靠去，接著說：

「所有知道尋物社的人，都流傳著這麼一句話——所謂的尋物社，就是只有非常優秀、且擁有偵探資質的人才能加入的社團。

學期分數相同，但入社條件與社活內容都嚴苛很多，頭腦正常的人都是不會打算進入尋物社的。」

「優秀的偵探資質嗎……雖然我不認為自己真有這樣的資質，可是……」

她這麼一說，讓我有些質疑地看著此刻仍蹲在地上，雙手撫著額頭的高大少女。

「楊昕遙是例外，她只是我的助手而已。」

智桃將大腿交疊，理所當然地說：

「畢竟有些事情，需要高大的人才能完成。」

我再次瞧了一下她那矮小的身軀，明白地回應：

「……說得也是。」

此時，智桃揚起眉毛，稍微將身體往前傾，接著道：

「你知道嗎？這樣的謎題在一個禮拜內解開，代表那個人是有資質的；三天內解開代表那個人很優秀；一天內就解開表示你是個天才，所以要說我不希望你入社是騙人的。」

對方忽然瞇起了眼睛說：

「但就如我方才所說，我們尋物社的入社條件，以及社活內容都比其他社團還要嚴苛，一般人即使有興趣，也會為了不跟自己的學期成績過不去而避退三舍。那麼，你想進入尋物社的理由又是什麼呢？」

「在回答這個問題之前，請妳先回答我的問題——」

我從口袋中拿出了那封招募用的情書，並攤開在她的面前。

智桃就像是知道我會問什麼般，露出了預料之中的表情道：

「你問吧。」

隨後我將手指指著情書上的最後一段話，認真地問：

「妳說得是真的嗎？在這澍澤高中裡，真的藏有價值一億元的寶藏？」

「關於這件事，我必須老實告訴你——」

此時對方又從陶罐裡，拿出了一顆檸檬口味的小熊軟糖，用指尖捏了捏小熊的肚子後接著道：

「有沒有真的值一億元，這我沒辦法確切的回答你。不過我可以明確地告訴你，澍澤高中內確實藏有寶藏。」

我半信半疑地問：

「妳有什麼證據嗎？」

智桃露出充滿自信的表情說：

「當然有——昕遙，把那東西拿過來吧。」

「唔……好、好喔。」

聽到指示的昕遙又搓了幾下額頭，起身後走到最後面的書櫃前方。

她望著擺滿老舊書籍的書櫃一會兒後，每當念出一個人名，就將一本書往書櫃裡面推：

「奧斯卡．王爾德、保羅．科爾賀、埃德蒙．伯克、尼爾．史蒂芬森——字首組成就是『OPEN』！」

當昕遙將最後一本書推入書櫃後，房間內忽然傳出齒輪轉動的聲音，那座書櫃竟然往牆內縮了進去，並又往左退開來。

看到這一幕的我，難以置信地睜大了雙眼。

然而出現在書櫃後方的，則是一個大約半公尺寬、一公尺高的老舊保險櫃。

隨後昕遙蹲了下來，口中邊喃喃邊轉動保險櫃的密碼軸：

「尋物社的成立日期是九月二十三日……零、九、二、三！」

一陣開鎖的聲音響起，保險櫃的門就這麼打開了。

緊接著，高大少女從保險櫃中拿出了兩個古典木盒，並擺放到我與智桃之間的桌面上。

此時的我才回過神來，詫異地說：

「你們是哪來的時間金錢搞出這樣的機關啊……」

智桃望著我笑了幾聲說：

「並不是我們，而是第一屆尋物社。然而我想在這個學校的某處，還有好幾個沒被發現的機關吧。光是我知道的機關就有十二種，包含這次社團的招募謎題，你在自由圖書室之2找到的暗門，也是其中一個。」

我更加難以置信地問：

「那些全都是第一屆尋物社的傑作？」

「沒錯。」

「……他們究竟是怎麼樣的一群人？」

「天才、傳奇，或你要說他們是瘋子我也不反對，畢竟我多少也有這樣的想法，總而言之他們全都不是一般人，就連我接下來要和你說明的一億元寶藏，也跟他們有絕對的關係。」

這時，智桃將桌上的兩個木盒往我的方向推了過來，接著說：

「與其光聽我說，不如你自己實際看一看吧。」

我有些戰戰兢兢地打開了其中一個盒蓋，在盒在底下是一個透明壓克力盒。

而在壓克力盒內，以柔軟的泡棉做為底部，在泡棉之上則放著一個雪白色的雕刻玉鐲，以及用夾鍊袋保護著的泛黃信紙。

隨後我又打開另一個木盒，一樣裡面也是一個壓力克盒，並在泡棉上放著相同的白玉鐲和泛黃信紙。

「這是？」

「你可以拿出來看沒關係。」

得到智桃的許可，我將其中一個壓克力盒打開，並將裡面的玉鐲拿了出來。

「現在你手上正拿著四十萬左右吧。」

對方忽然說了這一句話，讓我趕緊將玉鐲放回柔軟的泡棉上。

看見我的反應，智桃玩味地笑了幾聲，接著說：

「雙龍雕刻羊脂白玉鐲——年代約清朝時，西元一八九零年左右，雖然價值不及高古羊脂白玉，不過……」

此時她將另一個壓克力盒打開，並把兩個玉鐲互相組合起來，才發現上面的龍雕刻是能環環相扣組合成一個的。

「這兩個玉鐲是互相成對的，這種精湛的雕功相對較為易損，但卻保存得這麼良好，價值就不是兩兩相加的概念了，我推測少說上百萬起跳。」

說完，她將兩個玉鐲拆開，分別放回壓克力盒內，接著解釋：

「這兩個寶物，都是破解第一屆尋物社留下來的謎題所找到的。

第一個玉鐲是在十年前，一位優秀的學長在運動器材室的地板暗門中找到。

而第二個則是我在一年前，破解了第二道謎題後在教學C樓、由三樓通往四樓的樓梯間、位於第十一階階梯扶手下方的機關中尋獲。

即使還沒發現他們所說的一億元寶藏，但光這兩個玉鐲就能證明，澍澤高中裡確實藏有價值連城的寶物。」

聽到這的我發現，自己全身開始微微顫抖，才明白現在似乎踏入了不得了的領域了。

「……可以把整件事說給我聽嗎？」

但即使覺得超乎日常，我還是忍不住問出這句話，打算讓自己陷得更深。

智桃瞥了我一眼，淡笑了幾聲後說：

「交給妳解釋吧，昕遙。」

被叫到名字的高大少女雙肩忽然震了一下，但很快地就反應了過來：

「好、好的——」

隨後昕遙食指尖抵著下唇，邊回想邊說了起來：

「尋物社流傳下來的故事是這樣的——

二十年前，在澍澤高中創立尋物社的一共有六個人。

分別為一對雙胞胎姊妹、一名愛打架的問題學生、一名擁有眾多追隨者的校花，還有一名傳聞中擁有龐大知識的宅男，以及一名人稱天才寶藏獵人的『C』學長。

這六名學生在當年的澍澤高中裡，都是耳熟能詳的優秀偵探，他們解決了澍澤學生、甚至是教師的各種大大小小疑難雜症。

然而就在某天，當時的『C』學長收到了一名自稱是『老頭』的神祕請託。

老頭留下一本老舊筆記，據說上記載著一億元寶藏的線索。

那位老頭說，可以將寶藏送給他們，但前提是能夠在『C』學長畢業以前將寶藏給找出來。

最終在年級最大的『C』學長畢業前幾個月，真的找到了那些寶藏。

但『C』學長與其他五名社員，希望尋物社能夠一直存在，並將推理以及把自身天賦用來幫助人的精神不斷傳承下去——

因此『C』學長與其餘五名社員，設計了一連串困難的謎題，將價值一億元的寶藏通通藏在澍澤高中的某個角落，並由未來的學弟妹尋找，藉此讓尋物社持續存在下去。」

看見給我的第一印象是笨手笨腳的楊昕遙，如此流利地解釋後，我心中不免產生「果真是助手」的想法。

「這樣你可以理解了吧？」

智桃交換大腿交疊的順序，接著說：

「雖然故事中記載是一億元的寶藏，但是我們還沒找到那傳聞中的寶藏，所以無法斬釘截鐵地說確實有一億元的價值，可是你眼前的這兩個玉鐲，就是證明澍澤高中裡確實埋藏有寶藏。」

一顆汗珠從我臉上滑下——

我閉上眼睛，點了點頭回應：

「我明白了。」

此時智桃的語氣一轉，直視著我正經地問：

「那麼言歸正傳，你打算加入我們尋物社嗎？」

被智桃與昕遙的視線直直盯著的我，頓時陷入了沉默。

但我早就知道自己會說出什麼答案了，只是害怕她們不會些受我的條件。

不過，如果沒有答應這個條件，我或許也不會想加入尋物社了。

所以沉默沒有持續多久，我吞了吞口水，就將自己的需求給說了出來：

「要我加入尋物社沒有問題，但是我有個條件——那就是如果是我找到的寶藏，那麼那個寶藏就歸我所有！」

聽見這句話後，最先做出反應的是巨大少女楊昕遙，她焦急地雙手捧著胸口說：「怎麼可以這樣，那些寶藏對尋物社來說是很重要的……」

「可以喔。」

「噯——！」

聽見許智桃突如其來的回應，昕遙不知所措地大喊：

「真、真的沒關係嗎？智桃學姊！」

「當然。」

智桃露出令人難以捉摸的笑容，看著我的視線也變得深不可測，並說：

「但前提是你要能找得到，而且尋寶期限是在畢業之前；當你一旦離開尋物社或是澍澤高中，你就喪失了尋寶資格，這是歷屆尋物社一直以來的規則。」

「智桃學姊……」

昕遙有些擔心地喃喃了一聲。

然而聽見這些規範，我捏起下巴稍微思考了起來。

但智桃卻沒有給我思考的時間，露出看透一切的表情道：

「你還需要考慮嗎？我想你已經有答案了吧，畢竟——」

此時她從抽屜中拿出了一面小鏡子，並將鏡面擺在我面前說：

「你現在的表情就已經表達一切了。」

從鏡中我看見自己的鏡像——

『我或許在等待著什麼契機。』

我在笑。

『希望找到一個，能願意去努力與拼命的事物。』

而且是連我自己都不曾看過的笑容。

『獎項、榮譽、成就，那些看不見、摸不著的價值不是我想要的。』

「……妳說得沒有錯。」

『我要的是實質上的價值，能換取金錢的東西。』

我閉上眼睛笑著回答：

「我確實已經有答案了。」

『人對於自己的興趣，大多都想在那興趣上奪得什麼成就，而努力去追尋那樣的成就，並當達到目標而感到心滿意足。而我的話……』

我睜開眼睛，說出發自於內心的想法：

「我一直想追尋某種充滿價值的東西，並在獲得那價值連城的物品後感到心滿意足，所以——我想加入尋物社，並找出那價值一億元的寶藏！」

智桃嘴角揚起了微笑道：

「加入尋物社，會很辛苦喔。」

我微抬下巴，以充滿信心的笑容回應對方。

然而就在此時，門外忽然傳來一陣女性的呼喊：

「請、請幫幫我——！」

在呼喊結束的下一秒，社辦大門忽然被撞開。

一名在大熱天還穿著兔子連帽毛衣的女性出現在門口，並哭著對著我們喊道：

「我、我最喜歡的草泥馬湯匙不見了的說——！」

「的說？」

我往帶有獨特口頭禪聲音傳來的方向看去——

果然又是那位兔子學姊，怎麼跟她這麼有緣份呢……

我在心中抱怨的同時，對方也將視線轉到我身上，並指著我大叫：

「啊——！學弟又是你！」

我趕緊撇過頭去。

昕遙看了我與那位兔子學姊一眼，露出僵硬的笑容說：

「那個……歡迎光臨尋物社，請問有什麼需要委託或諮詢的嗎？」

聽見這句話的兔子學姊才又哭了起來，大喊：

「唔……我的草泥馬湯匙的說、我的草泥馬湯匙的說！」

智桃面對如此慌亂的委託者，仍把持著冷靜的姿態說：

「我們會幫妳找到遺失的東西，首先將事情的經過仔細地說給我聽吧。」

「唔……沒、沒問題的說……」

接著智桃拿起桌面上我的入社申請表，看了一眼後說：

「然後，張尋樂學弟——」

她之所以知道我的名字，是因為我事先在入社申請表簽上自己的名字了。

許智桃將視線轉向我，並露出一抹淡笑道：

「這是你的第一件委託，讓我看看你的能力吧。」

## 02

昕遙從角落拉了一張折疊椅給兔子學姊。

當對方坐下來之後，智桃從抽屜中拿出了一張表單，並將表單遞給了昕遙，接著問：

「那麼首先，妳叫什麼名字呢？」

兔子學姊雙手放在內八的大腿上，眼角仍掛著淚水地說：

「江、江崎婷。」

得到這個答案後，昕遙在表單上寫下幾個字。

隨後智桃又接著問：

「班級、還有參加的社團是什麼？」

「唔……三年戊班，玩偶縫紉社的說。」

當昕遙持續記錄著對方資料的同時，我忍不住看著那張表單好奇地問：

「為什麼要連對方的名字、班級、社團都紀錄呢？」

智桃瞥了我一眼，解釋：

「因為尋物社和其他社團不一樣，我們不會有作品或獎項，可以拿來當作成果的實物更是少數，然而我們大部分的社活內容，也幾乎都是接受委託案件。

所以若要拿到那占百分之四十的學期成績，製作詳細的委託記錄是必須的，這樣才能證明我們解決了哪些委託。」

我捏著下巴回應：

「原來如此。」

說明完後，智桃繼續對江崎婷學姊都出問題：

「委託事件是尋找遺失物沒錯吧，是什麼樣的物品呢？」

「就是草泥馬湯匙的說！」

智桃將微微瞇起的眼睛，直視著江崎婷珊瑚色的眼眸說：

「我要更詳細一點的描述。」

「更、更詳細的描述喵？」

江崎婷不知所措地眨了眨眼，隨後邊比手畫腳邊解釋了起來：

「就是大概這麼長的湯匙，前面圓圓的，然後尾巴是草泥馬的造型……」

她那奇怪的姿勢與曖昧的形容詞，實際上是無法讓人完全理解的。

此時智桃又接著問：

「吃飯用的湯匙，還是攪拌用的湯匙呢？」

「吃飯的說。」

「妳用那把湯匙多久了呢？在什麼情況下會使用？」

「那是住國外的姊姊兩年前送我的禮物，只要吃飯都會用，是人家最喜歡的草泥馬湯匙的說！」

智桃將微彎的食指抵著嘴唇，思考地說：

「兩年前嗎……我知道了，那麼請妳模仿一次你在吃飯時的動作。」

「像這樣的說。」

江崎婷左手擺出拿著碗的姿勢，右手則作出拿湯匙的姿勢，接著做出了像是用湯匙從碗中勺起食物的動作。

此時智桃點了點頭道：

「我明白了。」

接著對一旁的昕遙說：

「是長約十公分，尾端有草泥馬裝飾的兒童用湯匙。」

昕遙邊記錄邊附送了一次：

「長約十公分，尾端有草泥馬裝飾的兒童用湯匙——好的！」

江崎婷露出驚訝的表情道：

「咦！醬就知道了喵？」

智桃露出淡淡的微笑說：

「重複的動作以及相同的器物，會在長時間之下會成為淺意識，導致妳在任何時間作出相對的動作，會一並將使用的器物外型帶入動作之中。然而妳使用那把湯匙有兩年之久，並且只要吃飯都會用的話……」

她豎起食指，指著面前的兔子學姊道：

「妳方才模仿用湯匙撈飯的時候，雙手最靠近的瞬間，間隔大約十公分左右，可以推測就是那把湯匙的長度。」

聽見這一串話的江崎婷，露出佩服的表情喃喃：

「的說……」

與其努力明白對方不清不楚的描述，不如利用淺意識來推測……

簡直就像直接找出了最短捷徑，迴避了可能會花上好一段時間的溝通障礙，如此有效率的作法，讓我不禁對許智桃感到敬佩。

這女性確實很不簡單。

「那麼請說明一下遺失的情況吧——時間、地點以及事發的經過，所有妳能想得到的細節都要清楚說明才行。」

「……所有想得到的細節都要喵？」

江崎婷焦慮地騷了騷臉頰，邊回想邊說：

「剛才人家用最喜歡的草泥馬湯匙吃完午飯後，就拿著便當盒和草泥馬湯匙，到最靠近我們班的女廁裡清洗的說……」

隨著兔子學姊的描述，昕遙也迅速地將事發經過抄寫在表單上。

「然後我把便當盒跟草泥馬湯匙，洗得乾乾淨淨的時候，抬頭從鏡子裡看見有一隻大蜜蜂停在頭上的說，人家被那隻大蜜蜂嚇到了的說！

我雙手拍打頭髮想要把牠從頭上趕下來，但是忘記手上拿著便當盒和草泥馬湯匙，因為這樣便當盒根草泥馬湯匙被人家拋起來的說！」

聽到這裡，完全可以確定江崎婷是個擁有傻大姊個性的學姊了。

「便當盒摔在廁所的地上，害人家又要重洗的說，然後又發現草泥馬湯匙不了的說，怎麼找都找不到的說……」

此時智桃隨口問了一句：

「妳有聽見湯匙落地時發出的聲音，大概是落在什麼位置和什麼方向嗎？」

江崎婷失落地搖了搖頭說：

「沒有的說，人家只聽見便當盒掉地板的聲音，很奇怪沒聽見湯匙聲音的說，而且金屬掉在磁磚地上應該會很大聲的說，如果聽見聲音，我就知道是掉在哪裡的說……」

智桃又接著問：

「所以整間廁所妳全都找過了嗎？」

「都找過了的說！廁所隔間、還有人家覺得不可能被我扔得那麼遠的掃具間裡，也全都找過了的說！那間廁所很空曠，如果有東西掉在地上，一定很容易找到的說，可是我最喜歡的草泥馬湯匙，就像憑空消失了一樣……」

江崎婷說到最後，再次啜泣了起來。

「我大致上都了解了。」

此時智桃從口袋中拿出了一本隨身筆記，在上面寫下了幾個字後，並將那頁紙張撕了下來，對折放在桌面上之後，用裝有軟糖的陶罐壓住。

隨後她將身體往椅背上靠，環著胳臂對著我說：

「那麼你對這件事情有什麼想法呢，尋樂學弟？」

從剛才到現在，一直處於沉默狀態的我，因為對方突如其來的呼喊而怔了一下，接著試探性問：

「妳是想要我來解決這次的委託嗎？」

智桃理所當然地笑著說：

「當然，畢竟我說過了，想要看看你的能力不是嗎？」

「尋物社的社活是嗎——我知道了。」

我捏著下巴，整理到目前為止的資訊，接著對江崎婷學姊提出了一個問題：

「沒有聲音的話，我推測會不會是掉在放滿衛生紙的垃圾桶裡了呢？畢竟如果有衛生紙作為緩衝的話，那麼即使是金屬物品，也有可能在掉落時不發出聲響的。」

只見對方搖了搖頭，回應：

「掉進馬桶裡還有可能，不過人家每個馬桶都看過了，但絕對不可能掉進垃圾桶裡的說。」

我不理解地偏了偏頭問：

「為什麼不可能掉進垃圾桶呢？」

此時對方垂下頭，雙頰忽然變得紅潤地喃喃：

「那個……因為女生廁所的那個……唔……」

看見江崎婷學姊說到後面，變得吱吱嗚嗚聽不清楚，智桃乾脆直接幫她說明：

「女生因為有生理期的關係，會更換衛生棉或衛生棉條，為了讓環境看起來清爽整潔，所以女廁垃圾桶全都是踩蓋式，在一般情況下是蓋上蓋子的，因此不可能直接掉進裡面。」

我恍然大悟地點了點頭道：

「原來是這樣啊……那麼當時有沒有人進出廁所呢？」

江崎婷再次搖了搖頭說：

「從人家進去開始，到離開廁所之前，都沒看到有人進廁所的說。」

我接著又問：

「妳會不會在發現蜜蜂之前，其實早就已經把湯匙收起來了呢？例如放進口袋之類的？」

此時兔子學姊站了起來，將毛衣及裙子口袋的內袋都拉出來說：

「人家才不會把濕濕的東西放進裙子口袋，還有一樣最喜歡的毛衣裡面呢！而且你自己看——人家口袋裡什麼也沒有的說！」

我望著地面，並捏著下巴思考著說：

「沒有落地聲、哪裡都找不到，也沒有其他人進出，再加上不可能掉進放滿衛生紙的垃圾桶，以及所有馬桶都檢查過，也不是事先被收起來的話……」

此時我抬起頭來，直視著對方道：

「綜合以上幾點，我只有一個結論──那就是湯匙在落地以前，就已經先被某個東西給攔截了。」
江崎婷露出驚恐的表情，詫異地說：
「攔、攔截？難道妳是說會有隻烏鴉飛進來，然後把人家的草泥馬湯匙叼走喵？還是有廁所的幽靈，把草泥馬湯匙給偷走喵？不、不可能的說！」
「當然不是。」
我因為這位學姊的天真想法，而忍不住淡笑了幾聲，接著解釋：
「我認為最大的關鍵，在於『沒有掉落聲』這個線索，所以我想攔截湯匙的東西，應該也是質地柔軟的。
而在那樣的情況下，有什麼是位於地面之上、且能夠接住湯匙的然軟物體，如果我想得沒錯的話……」
此時我將視線直視著那名兔子學姊，並且非常認真地說：
「學姊，我覺得妳很可愛。」
「咦、唉？」
江崎婷忽然雙頰通紅，雙手捧著臉頰，露出極為害羞的表情說：
「現、現在不是說這些的時候的說！得、得快點找到人家心愛湯匙的說！」
「我一定會幫你找到的，但在那之前，可不可以把兔帽子戴起來讓我看看呢？」
「兔、兔帽子？」
我豎起食指，對準她脖子的位置說：
「就是妳那件毛衣上，有兔子耳朵的帽子。」
「可、可以是可以的說……唔、唔……第一次被男生當面這麼說，人家不知道該怎辦的說……」

緊接著，江崎婷把雙手往後舉，並將身後的帽子給戴在頭上。

然而就在帽子套住頭頂的剎那——

一把閃著銀光的長條物體，從帽子裡掉了下來。

「喔——」

看見這個景象的昕遙，就像終於恍然大悟般長呼了一聲。

而江崎婷則是愣愣地看著從帽子中，掉至地面的物體一會兒後，才回過神來大叫：

「是人家的草泥馬湯匙！人家最喜歡的草泥馬湯匙的說——！」

她欣喜地撿起地面的湯匙，並珍惜地捧入懷中，隨後雙眼發出崇拜的光芒往我身上投射，接著道：

「學弟好厲害的說！你是怎知道的說？」

我還是第一次被人這麼誇獎，難免感到一絲尷尬而用食指騷了騷臉頰，並說：

「因為當時蜜蜂是停在妳頭上，沒錯吧？」

江崎婷仍雙手緊握著湯匙，並用力地點了點頭回應：

「嗯、嗯！」

我接著解釋：

「妳被那隻蜜蜂給嚇到，代表妳害怕那隻蜜蜂，而人會不下意識地，遠離自己所害怕的東西。

在那個情況下，要遠離位於頭上那隻妳所害怕的蜜蜂，勢必會壓低頭部來躲避。

然而，妳一旦壓低頭部，掛在脖子後方的帽子，就會順勢被嶄露出來，呈現一個能接住物體的袋子了。」

我放下捏著下巴的手，並作出了結論：

「當時被妳往上拋的湯匙，就是正好被毛衣帽子給接個正著，才會沒有掉落的聲音，而且怎麼找都找不到，因為就掉在妳根本看不到的地方——這就是一切的解答。」
「哇！學弟！你好厲害、真的好厲害的說！」
戴著兔子帽子的學姊狂喜地衝上來一把抱住我，當下我完全反應不過來——
「謝謝你，學弟！」
柔軟的身軀與少女的芬芳將我緊緊包圍，讓我腦袋頓時一片空白……
「好的，那麼委託順利完成了！」
聽見昕遙的聲音，江崎婷才把我放開，此時大腦才恢復正常運作。
隨後巨大少女將表單遞到兔子學姊的面前，說道：
「請在這張委託記錄書上簽下妳的名字，證明已經找到遺失的東西吧！」
「沒問題的說！」
就在江崎婷簽下自己名字的同時，位於椅子上的智桃露出滿意的微笑，並對著我說：
「我果然沒看錯人。」
隨後她用下巴指了指桌面的陶罐說：
「要吃軟糖嗎？」
我揮了揮手示意不需要，對方聳了聳肩又說：
「那麼，你應該有注意到我剛才把一張紙，壓在糖果罐下面吧？不介意的話，看一下紙上的內容吧。」
聽見指示後，我小心地將陶罐挪開，並拿起對摺的紙張後打開來閱讀。
而看見內容的我，我微微睜大了雙眼——
『湯匙在毛衣的帽子裡。』

紙上的內容是這麼寫的。

回想起智桃在紙上寫下內容的時間點，是在崎婷學姊剛說明完事發的過程之後。

也就是說，這個少女——

我抬頭看著對我露出微笑的許智桃。

——她在獲得線索的當下，就將謎題給解開了！

「我的推理模式，就像是直線加速賽車，雖然不擅長引導出新的線索，但是……」

智桃從陶罐裡，拿出了一顆橘子口味的軟糖。

「卻可以在一瞬間統整所有線索、訊息與知識來解開謎題。但若超過五秒還無法破解謎題，就代表我對此束手無策了。」

此時她並沒有將軟糖放入口中，而是遞到我面前，接著道：

「推理辛苦了。」

我對許智桃回敬一個淡笑，隨後接下對方手上的軟糖。

## 03

「真的很謝謝你們，幫我找到最喜歡的草泥馬湯匙，我以後一定會更珍惜它的說！」

江崎婷在離開前，揮著高舉的手和我們道別：

「歡迎大家來玩偶縫紉社來玩的說！」

當兔子學姊的身影消失在門外後，我拿起自己的入社申請表。

此時申請表上的社團長簽字欄上，已經被寫下了許智桃的名字了。

「那麼，午休時間也快結束了，我得將入社申請表交，給導師作最後的入社手續才行才行。」

一旁的智桃揚起眉毛說道：

「這樣我就視作你確定要加入尋物社了吧？」

「妳在說什麼呢？」

我揚起微笑回應：

「在我參與剛才的委託……不，應該說是『社團活動』的當下，我就已經是社員了吧？」

聽見這句話的許智桃「哼」笑了一聲，隨後對著一旁的巨大少女說：

「昕遙，可以把那些東西拿出來了。」

「是的！」

楊昕遙此時又走到後方的保險櫃前，從裡面的某個文件夾中抽出了三張紙。

她將那三張紙遞給了智桃，後者閱覽了一下後，將其中一張遞到我面前，接著說：

「雖然手續上你還沒加入尋物社，但對我來說你已經是我們的一份子了。」

我接下對方手上的紙張，仔細一看發現，這是某個老舊紙張的影本。

在潔白新穎的A4道林紙上，將掃描過後的老舊紙張，分別以正反兩面，彩色列印在上頭。

從圖像的外觀來看，那是一張泛黃、且外圍長出幾顆黑色霉點的信紙。

信紙的左上角，被用紅筆繪製了一面有放射線條的日本國旗。

而信紙的中央，則是用粗上許多的黑筆，一筆畫出類似人的左臉輪廓。

另外側臉輪廓接近眼睛的位置，被用更細的黑筆給打上了一個叉。

最後位於右下角，則是一個藍色汙漬。

那汙漬就像原本用藍色墨水的筆寫了什麼，卻因為沾到水而暈開成為一團汙漬。

除此之外，紙上沒有任何文字，信紙的背面也沒有任何內容。

此時智桃對著我發出了詢問：
「看上面的內容後，你有什麼想法嗎？」
我將視線從紙張轉移到對方身上說：
「首先得知道這是什麼。」
她微微瞇起眼睛，回答：
「是第一屆尋物社所留下來的，第三道謎題題目。」
聽到這句話的我，非常詫異地說：
「第三道謎題……也就是說二十年前，第一屆尋物社所設計的謎題，懸宕了二十年才破解了兩道嗎？」
智桃笑著攤了攤手回應：
「一點也沒錯。」
聽到這裡的我，不禁怔住了。
根據她剛才的解釋，第一個寶物是十年前，一位優秀的學長找到的。
而第二個寶物，則是智桃在一年前尋獲的。
也就是說，破解謎題的平均時間是……
每十年一道！
不……應該說每十年，才會出現一位可以破解謎題的天才。
知道這個事實的我，不禁流下冷汗。
我沉默了一會兒，重整思緒後，揮了揮手上的道林紙，問道：
「這是影印範本吧？」

「沒錯。」

智桃拇指指向後方的保險櫃，接著說：

「正本在保險櫃裡，但是因為長期受潮的關係變得非常脆弱，所以我不能讓它離開社辦，但若是影本的話就能帶回去好好研究了。」

我明白地點了點頭後，思考了一會兒說：

「說我有什麼想法的話，老實說我現在一點頭緒也沒有。」

「是嗎？」

智桃露出了理所當然的表情，接著說：

「說得也是，我想再厲害的人，也沒辦法馬上破解那些天才所設計的謎題吧。」

此時換我反問對方：

「對於這個謎題，妳至今有找出什麼線索，或有什麼推論嗎？」

「當然有，我也打算詳細地告訴你，但是……」

智桃的眼神忽然變得銳利──

「我打算在那之前，讓你先研究只有他們留下來的線索。畢竟，你想要把寶藏占為己有不是嗎？」

我嚴肅地沉下了臉。

對方豎起食指，接著說：

「然而前提是，得要是你找到的；也就是說，如果你想要得到接下來的寶藏，就必須靠自己的力量破解謎題，而不是尋求我的協助。」

我揚起了笑容。

「說得也是。」

隨後，智桃又將兩張道林紙遞給了我說：

「這兩張影本也是給你的。」

我接下紙張，一樣是老舊紙張的彩色影印本。

而與方才的謎題不同，是寫滿文字的信紙，字數多得讓我沒辦法當下閱讀完。

「這又是？」

「是第一屆尋物社社員，那對雙胞胎姊妹所留下來的信，信的正本在這裡——」

智桃從玉鐲的那兩個壓克力盒裡，拿出了同樣放在裡面，那兩張用夾鍊袋包護住的泛黃信紙，接著說：

「到目前為止的模式是，每當一道謎題被解開後，不僅會拿到一個寶物，還會拿到下一道謎題的題目，以及一張第一屆尋物社社員所留下的信。」

比對我手中的信紙影本，雖然夾鏈袋中的信以反面對折的方式收納，因此看不到內容，但外型與泛黃的程度確實是相同的。

此時智桃從椅子上跳了下來，接著往一旁的小台子上走去。

上面放著保溫杯以及茶具，她在其中一個小陶杯中，從保溫杯裡倒出了柳橙色液體的同時，也接著說：

「目前我可以提供你的線索就這些了，但我可沒有虧待你喔，因為第三道謎題剛開始也只有這些線索而已。」

她雙手捧起陶杯，啜了一口杯中的液體後，又道：

「接下來就看你的表現如何了。」

然而就在她說完的同時，午休結束的鐘聲也在此刻響起。

當鐘聲結束後，我笑著點了點頭說：

「我知道了。」

接著整理手中的文件，走到社辦門口，淡淡地說了一聲：

「寶藏……」

隨後又回頭看著社辦裡，那兩位巨大少女以及小不點少女，並認真地說道：

「我會找出來給妳們看的。」

智桃揚起笑容，回應：

「我拭目以待。」

此時昕遙就像忽然想起什麼似地，對著我說：

「對了學弟！如果不是社團課，卻有事找我們的話，我是二年丙班楊昕遙，智桃學姊是三年乙班許智桃。」

我點了點頭示意自己明白後，便轉身離開了社辦。

然而就在踏出社辦的同時，餘光似乎看見了一道黑影閃入旁邊的教室。

我疑惑地走到那間教室前，從走廊窗戶往裡面一看，卻發現裡面半個人也沒有。

或許只是自己看錯了吧？

## 04

我拿著入社申請表來到導師辦公室。

一進門我就與班導師對上了眼。

對方一看見我，便馬上對著說：

「張尋樂同學，我正好在找你呢！」

他招了招手示意我過去，不過即使他沒這麼做，我來這裡的打算也是為了找他。

來到班導師面前，對方開門見山地說：

「現在班上只剩下你還沒有選社團，如果到明天中午之前，都還沒有決定社團的話，明天下午開始的社課，就要到自習室自習到放學喔。」

班導師說完的同時，我將手中的單子遞到他的面前說：

「我正好就是來交入社申請表的。」

聽見這句話，班導師原本緊皺的眉頭忽然鬆開，露出放下重擔般的笑容說：

「喔！那真是太好了，這樣就可以趕在今天之前，把班上的社團列表整理出來了。」

接下入社申請表的班導師，看見申請表上的社團名時，先是愣了一下喃喃：

「尋物社……」

接著又露出驚訝的道：

「你這小夥子還挺行的嘛！」

隨後他拿起放在桌子一隅的名章，並在申請表的導師簽名欄位上蓋了下去。

「班上有一位尋物社社員，是我最大的榮幸啊——張尋樂是嗎？我記住了！」

「好，這樣就可以了！」

雖然他是在誇獎我，但總覺得心中有一股不太好的預感……

班導師將我的入社申請表，放在旁邊整疊的申請表最上方，接著轉動辦公室椅面向我說：

「那麼，今天新生一樣是兩點放學，在那之前是自由參觀時間，熟悉完學校後就趕快回家吧。」

「嗯，我知道了。」

我點了點頭，簡單地回應了一句後，便轉身打算離開導師辦公室。

但在踏出門口之前，班導師的聲音又從後方傳來：

「張尋樂同學。」

回頭一看，發現一個四十好幾的大男人對我拋了個媚眼，接著道：

「我很期待你未來的表現喔！」

面對那不知道是指什麼的期待，我只能以僵硬的微笑回應對方。

踏出導師辦公室後，我大大地伸了個懶腰後，喃喃：

「接下來……」

位於這個行政A樓三樓的走廊中央，有個空中涼亭。

而涼亭前方，則是個開放式的迴廊，能夠俯瞰下方的操場。

我走到迴廊的欄杆後方，將身體以最舒服的姿勢依著欄杆，接著從口袋中拿出智桃交給我的那三張複本。

在盯著所謂的第三道謎題題目的複本好一會兒，仍然沒有任何頭緒之後，我將謎題複本移至三張複本的最下方，接著閱讀那兩封信的複本。

第一張信的內容是這麼寫著的——

『你好：

不管看見這封信的，是未來的尋物社學弟妹，還是意料之外的陌生人，首先都得恭喜你破解了第一道謎題。

我是這道謎題的設計者——第一屆尋物社社員之一的「N」學姊。

若要說得詳細一點的話，我是在社團創辦人「C」學長之後，第一位加入社團的社員。

我想現在看著這封信的你，應該都希望從信裡面的內容，找到關於第二道謎題的線索吧？

不過可能會讓你失望了，因為我只想利用這封信，來告訴未來尋物社學弟妹一些事情，以及我為什麼會加入尋物社的故事。

但也不用太失望，因為我想此時此刻的你，接下來都得面對我那個天才妹妹所設計的第二道難題。因此我將說的故事與自己的經驗，希望能對你將來的尋寶之路有所幫助。

現在，我要說說自己加入尋物社的故事——

我和妹妹是雙胞胎姊妹，從小我們倆就長得一模一樣，幾乎找不到不同的地方。相似到就連父母都會時常搞混哪個是我、哪個是妹妹。

我們的感情一直非常要好，直到國中發生了一件令我非常後悔的事。

妹妹是個心地非常善良的女孩，但同時她也不太懂得拒絕別人。分不清對方是在欺負自己，還是真的有事請託自己。

有次為了保護那樣善良卻天真的妹妹，我出面打跑了那些對我妹妹惡作劇的男生。不過這個行為，卻迎來那些男生的仇恨。

但那些來尋仇的男生朋友，把我妹妹和我給搞錯了。

妹妹被過分的人用硫酸灼傷了側臉，從此留下可怕的疤痕。

雖然因為那個疤痕，再也不會有人把我和妹妹搞錯了。

可是因為那件事，我對她感到愧疚地不得了。

而且也因為那個疤痕，她在學校被人欺負的情形更加嚴重。

父母也因為這件事變得時常爭吵，最後兩人還因此離婚。

只剩下長時間在外工作的父親，仍照辛苦地顧著我們。

我一直是這麼想的——

那醜陋的疤痕，應該是印在我的臉上，而不是無辜的妹妹。

我一直是這麼想的。

為了彌補我對妹妹的虧欠，也不希望上了高中，妹妹仍繼續被人欺負，所以……

「我們來交換吧。」

我對妹妹這麼說，並決定用妹妹的名字念完高中，幫她拿到高中學歷。

至於拿著我名字的妹妹，則是安全地待在家裡。

即使這麼一來，我的名字會成為一直無故缺席的問題學生。

但這樣就好了，這樣就能夠彌補我對妹妹的虧欠了。

原本我們的計畫一直沒被人發現，卻被「C」學長給識破了。

他只從我說自己名字時，有時不小心犯的口誤，就發現我是姊姊而不是妹妹。

「我可以不揭發你們的祕密，但前提是妳和妳妹，都要加入尋物社。」

「C」學長是這麼說的。

為了一直維持我和妹妹的計畫，我們才勉為其難加入尋物社。

但是從那之後，我們的情況發生了巨大的轉變。

在尋物社裡，我們幫助了很多人找到丟失的東西，也解開了很多人的煩惱。

「如果有困難，尋物社的天才雙胞胎姊妹都能幫你解決。有疤痕的姊姊擅長心理諮詢解決煩惱；而沒有疤痕的妹妹則擅用推理解決問題。」

這個傳聞逐漸在學校裡傳開。

也因為這個傳聞，更沒有人會知道其實我才是姊姊，有疤痕的才是妹妹了。

但到後來，知不知道已經無所謂了。

因為，再也沒有人會欺負我的妹妹了。

到那個時候我才明白，如果我一直這麼保護、並隱藏著自己的妹妹，那麼她將永遠走不出受傷的陰霾。

如果要讓我們彼此再次展開的笑容，就不應該一直沉淪於過去傷疤的痛。

而是得撫平昔日的痛，然後努力去尋找更美好的未來。

因為加入了尋物社，我看見了很多很多，自己本來根本看不到的熱情與希望。

所以各位尋物社的學弟妹們，或是意料之外的陌生人們，如果你們真的想要找到我們的寶藏，那麼請千萬要記住——

除了要抱持著絕對想發掘出寶藏的執著，以及擁有絕不放棄的毅力之外……

更重要的是，擁有不怕失敗的決心，以及勇於嘗試的勇氣。

請加油吧，尋物社的學弟妹們，又或者是意料之外的陌生人們。

但願你們能夠找到屬於我們，同時也屬於你們的，那充滿回憶的珍貴寶藏。

——N學姊。』

把這封由身為姊姊的「N」學姊，所留下來的信件複本閱讀完後，我將這張信件複本移至手中紙張的最下方。

接著閱讀起第二封信的內容——

『您好：

無論看見這封信的，是以後尋物社的可愛學弟妹們，還是與此無關的陌生人，首先恭喜您破解了第二道謎題。

我是這道謎題的設計者——第一屆尋物社社員之一的「N」學姊。
嗯……真的要說的話，其實是小「n」學姊，不然會和姊姊搞混呢！
我是在「C」學長和姊姊之後的，第三名尋物社社員。
我想現在看著這封信的人，都希望從信裡面的內容，找到關於第三道謎題的線索吧？
呵呵，不過可能會讓你失望了呢！
嗯？好像和姊姊的台詞重複了，那麼我就不再重說一次了，抱歉囉！
如果你看過姊姊的信，那麼這封信也一樣，是我為什麼會加入尋物社的故事，還有想告訴未來尋物社學弟妹的一些事情。
希望接下來的故事，能對你將來不管是尋寶、還是人生的路上，都能夠有所幫助。
現在，我要說說自己加入尋物社的故事——
我和姊姊是雙胞胎姊妹，從小我們就長得一模一樣，就連父母都會搞混的程度。
我和姊姊的感情一直很要好，直到國中發生了一件令人傷心的事情。
姊姊是個很替我操心的好姊姊，但她卻太過於想保護我了。
有次姊姊為了保護我，和一些壞男生打了一架。
幾天之後，那些男生朋友想找姊姊尋仇，但卻把我和姊姊給搞錯了。
我被人過分地用硫酸燙傷了側臉，從此之後臉上就留下了醜陋的疤痕。
因為這件事，姊姊似乎對我愧疚得不得了。
爸媽也因為這樣，變得時常吵架，兩人最後就這樣分開了。
但不是這樣的喔，姊姊，我一點也不覺得難過喔。
因為這個不好看的疤痕，是烙印在我的臉上，而不是姊姊那可愛的臉蛋上，我感到非常幸運呢。

妳根本沒有虧欠我什麼，當時妳也是為了保護我才出手的不是嗎？

所以，我並沒有責怪妳喔，姊姊。

只要妳能待在我身邊，我就覺得非常幸福了。

但是，如果妳覺得還是必須那麼做的話……

高中妳來代替我念完，就能消除姊姊心中虧欠的話，那還是這麼辦吧。

「就這麼辦吧，姊姊。」

不過我們的計畫，被聰明的「C」學長給發現了。

姊姊說，要讓我們之間的事情不被曝光，「C」學長要求我們加入一個名叫尋物社的社團。

姊姊和我為了讓計畫順利進行下去，才勉為其難加入尋物社的。

但是從那之後，我們之間發生了巨大的轉變。

因為尋物社的社團內容，讓我們幫助了很多人。

從那之後，大家開始對我們崇拜了起來呢。

到那時我才理解，如果我一直放任那愛操心的姊姊，就這麼一直逞強下去，那麼她總有一天也會累倒的吧？

我們是雙胞胎姊妹，本來就應該互相幫助、互相努力不是嗎？

不管過去發生了多麼令人悲傷的事，但真正在前方等著我們的，是由自己一手創造出來的未來。

所以與其在過去的傷痛中打轉，不如去開創自己所希望的未來吧！

為了迎接美好的下一站，我將這些重要的時光，如同至寶好好地存放在心中，並會永遠記住藏下這封信的時間。

——六月十五日。

希望未來的學弟妹，或是看見這封信的人，也能解開此時此刻的煩惱。

——by小n學姊。』

當然，兩位學姐在信中也都說了，信裡並沒有關於下一道謎題的線索，就只是當時的她們的社團回憶。

信中的內容，看起來似乎與這次的謎題，並沒有直接關聯。

看完內容後，我又將第三道謎題的複本移至最上方，隨後捏著下巴思考了起來。

「N」學姐與小「n」學姐是嗎……

不過這兩個雙胞胎學姊，還真是度過了一段，既哀傷又溫馨的校園生活呢。

「雙方都對彼此有所虧欠，也對彼此有所接納，是嗎？」

我喃喃了一句，隨後想到了什麼而露出了淡笑。

這不就和那兩塊雙龍雕刻羊脂白玉鐲一樣嗎？

接納彼此的愛，並也填補了彼此的缺陷，進而形成一塊完美的白玉。

或許那兩個玉鐲，就是分別代表著「N」學姊與「n」的高中回憶也說不定吧。

『怎麼可以這樣，那些寶藏對尋物社來說是很重要的……』

難怪當時的昕遙會說那一句話。

「那些寶藏對尋物社來說，是很重要的記憶……嗎？」

完整的句子，應該是這麼說的吧。

我閉上雙眼，淡淡地吐出一口氣，接著將手上的三張複本摺疊後收了起來。

然而就當我退離欄杆準備離開時，視線瞥見一道黑影閃入前方的樓梯口。

那個畫面，讓我頓時與剛離開尋物社社辦所看見的黑影作連結。

或許我根本沒有看錯……

想到這裡的我，立刻跨出步伐追了上去。

來到樓梯口，看見那個黑影正匆忙地往樓下跑去。

我也跟著快速跑下樓，想要抓出黑影的真實身分。

不過卻在一樓穿堂追丟了對方。

我跑出穿堂不斷掃視周圍，最終看見穿著一個黑色風衣的人，剛好翻身越過校門口旁的圍牆柵欄。

對方壓低頭上的鴨舌帽，並回頭瞥了我一眼。

那名年約二十多歲的男性，用一雙鮮紅色的眼眸和我四目相對了幾秒後，便轉身快步離去。

看見這個景象的我，說沒感到不安是騙人的。

## —03—

〈礙於彼此思想上的牴觸〉

我不會忘記學姊的教誨。

除了要抱持著絕對想發掘出寶藏的執著，以及擁有絕不放棄的毅力之外……

更重要的是，擁有不怕失敗的決心，以及勇於嘗試的勇氣！

## 01

「尋樂、尋樂，起床了喔！」

母親隔著門板的呼喊，將我從睡夢中叫醒。

「今天開始要七點半到校不是嗎？」

我睡眼惺忪地從床上爬起，呆坐一陣子讓雙眼恢復濕潤後，回頭看向床頭櫃上的時鐘。

現在才六點整，而我鬧鐘設置的時間是六點半，也就是說母親不知為何提早三十分將我叫醒。

我揉了揉眼睛後，不免抱怨道：

「妳不用叫我，我自己有設鬧鐘，況且現在才六點而已呢……」

「我有事情要和你說說，趕快整理整理，換好衣服下來吃早餐吧。」

雖然一頭霧水，但剛睡醒的頭腦，沒能力思考母親是想和我說哪件事。

「好……」

因此我只簡單地回答後，便起身梳洗換衣服。

完成梳洗，並換上澍澤制服後，頭腦已經清醒許多。

來到客廳，母親已經將早餐準備好放在桌上等著我享用。

我打了個呵欠後，拉出椅子坐了下來，並開始吃起早餐。

這時母親也卸下圍裙，用廚房紙巾擦乾雙手後，坐在我對面的位置，同樣也開始吃起食物。

大概沉默了幾分鐘，母親才對著我開口說：

「尋樂啊，你還記不記得，以前你剛上國小二年級，我們還住在老家的事呢？」

我偏了偏頭，疑惑地問：

「妳是指哪件事？」

母親單手輕貼著側臉，回憶道：

「當時爺爺不是罹患了口腔癌，沒辦法說話了嗎？」

「嗯，我記得啊。」

「然後那時還在住院的爺爺，用手勢一直告訴我們，他想要那不知什麼時候弄丟的佛手珠，這件事情你也還記得吧？」

我點了點頭，對於整件事情我也依稀記得。

「爺爺一直以來雙腳也不方便，因此不常出門，所以大家認為是在家裡弄丟的，可是幾個親戚花了好幾天，幾乎翻遍了整個家也都沒找到。」

母親邊替手中的土司抹上花生醬，邊說：

「最後是因為你的一句話，才把爺爺最喜歡的佛手珠給找出來的。」

我攪拌著碗中的牛奶巧克力麥片，回答：

「是啊，最後是在爺爺放在客廳裡，那著木製躺椅扶手中的夾層中找到的。」

母親淡笑了幾著說：

「當時你一聽到我們是在找爺爺的手珠，就馬上知道是在那個地方呢，但是連爺爺自己也不知道掉在哪邊。最後是由一個做木工的舅舅幫忙拆開椅子後，還真的發現在那裡面呢。」

隨後母親露出疑惑的表情，對著我問：

「不過，你是怎麼知道會在那裡的呢？我記得當時的你有解釋過，而且在場的所有大人也都愣住了，不過我有點忘記了呢。」

我聳了聳肩，理所當然地說：

「沒什麼，就只是合理的推論而已。」

此時母親的雙眼，透出了些微驕傲的光芒，認真地對著我說：

「你知道嗎，尋樂，並不是所有人都能想到合理的推論。而且從那件事情之後，有段時間親戚們都在討論，說你未來不是偵探就是警察呢。」

看見她的那種眼神，我只能無奈說：

「兩種都是吃力不討好的工作啊……」

「我才不會要求你去做什麼行業呢，我只是想要你把當時的情形，再說給我聽聽而已嘛！」

我嘆了口氣，放下手中的食物，接著將好幾年前的事情依序整理出來，並說：

「國小一、二年級，當時幾乎每天都只有半天課，所以我大約在一點至一點半就會回到家了。然而爺爺還沒住院以前，在那個時間點都喜歡躺在客廳的躺椅上，邊聽著廣播邊撥弄著手珠，有時會就這樣在躺椅上睡著了。

那時爺爺在躺躺椅的時候，將以椅子從坐立式改為躺式時，似乎因為某個零件鬆掉的關係，右側扶手板子就會往旁邊翹開，露出一個不小的縫隙。

但若改為坐式，則不會出現那個細縫。

然而那個躺椅在一般情況下是坐立式的，因此那道縫隙並不會出現。

再加上當時，中午一點至下午三點會在老家裡的人，就只有我和爺爺而已了。

因此其他人是很難發覺那個縫的存在，所以我推論你們唯一沒找過，且有可能藏有爺爺手珠的地方，就是那個躺椅裡面了。」

聽完這些話，母親放下手中上的土司並鼓掌了起來，並讚嘆地說：

「難怪親戚會說你將來不是偵探就是警察了。」

我無奈地嘆了口氣，接著問：

「妳怎麼會突然提起這件事呢？」

此時母親從旁邊的包包裡，拿出了一個木製小寶盒。

「是這樣的，爺爺因為口腔癌過世了以後，當時我這輩的兄弟姐妹們都已經說好，平分掉爺爺留下來的遺產。但當時還不知道，被你找到的手珠，竟然是市值十三萬的奇楠沉香佛手珠。」

我聽到那印象中不起眼的老氣手珠，價值竟然高達十三萬而感到一陣暈眩。

看來我似乎沒有能夠分辨寶物的眼光啊……

「這幾天舅媽的一個有寶物鑑定博士背景的朋友，來老家作客才偶然發現的，可是都沒有人好意思收下又多出來的財產……」

這時，母親將手中的小寶盒推到我面前，接著說：

「所以大家的共識是，送給當時把它給找出來的你了，因為如果不是你，這串手珠大概就會和那個躺椅一樣，被送去回收場裡了吧。」

我看著那個寶盒一會兒後，並戰戰兢兢地將它打了開來。

一串色澤暗淡的佛手珠就像沉睡一樣，靜靜地躺在寶盒內的棉墊上。

「從今天開始，這個寶物就是你的東西了。把它當作爺爺留下來的珍貴遺物，還是拿去販賣當成將來大學的零用金，你想怎麼運用我都不會過問也不會干擾，因為這是屬於你的東西。」

## 02

吃完早餐後，我回到房間內，將放有佛手珠的寶盒放在書桌上。

隨後拿起書包，準備出門上學。

原本打算就這樣直接踏出房門，可是心中一直在意著的事情，讓我的視線無法從寶盒上移開。

最後，還是忍不住走回書桌前，將寶盒給打開，並拿起裡面的彿手珠看了一會兒。

「怎麼運用都可以……嗎？」

我喃喃了一句後，思考起這個問題。

要留下來嗎？

可是像我這種沒有眼光的人，是無法發揮這串手珠真正價值的。

該賣掉嗎？

浮現這個打算的我，腦海中卻傳來無數小時後和爺爺的回憶。

放學回家時的寒暄問暖、肚子餓時幫我準備好點心、生病時趕來學校接我回家等種種……

「……算了，以後再決定吧。」

我將手珠放回寶盒裡並蓋上，轉身踏出房間準備出門。

## 03

「我走了。」

「路上小心車子喔。」

「我不是小孩子了。」

踏出家門前往學校的路上，腦海中不斷浮現許多問題——

『你似乎還不知道，自己辦到了絕大部分人都辦不到的事情呢。』

真的大部分人都辦不到嗎？

『所謂的尋物社，就是只有非常優秀、且擁有偵探資質的人才能加入的社團。』

我真的是擁有那種資質的人嗎？
『這樣的謎題，一天內就解開表示你是個天才。』
原來一直以來，我都沒有發現。
『學弟！你好厲害、真的好厲害的說！』
並且將這一切，視為理所當然且再正常不過的事。
『你知道嗎，尋樂，並不是所有人都能想到合理的推論。』
或許我自己，根本就不了解真正的自己究竟是怎樣的一個人。
我把一切都想得太理所當然了。
剛才爺爺手珠的事情也是，讓我對自己崇尚金錢的信念產生了質疑。
原來我於對自己的本質，其實根本所知甚少。
我停下了腳步，此時穿著和我相同樣式制服的學生，不斷從身側走過。
抬起頭來看了看前方的建築物，已經到了澍澤高中的校門口。
最先印入眼簾的，是右手托著大風衣的國父孫中山雕像，以及上方掛著印有十六角星大時鐘的行政A樓。
早晨的陽光，從行政A樓後方逐漸升起，讓眼前的一切因為背光而明暗分明。
這一切，就像命中注定一樣——
尋物社、以及藏有一億元寶藏的澍澤高中，這些彷彿是為我而設計的最佳舞台……
一個認清我到底是什麼人的舞台。

## 04

進入教室時，我發現同學們全都聚集在黑板前方議論紛紛。

將書包放在座位上後，仔細朝黑板看去，上頭貼著一張大紙張。

當下認為是什麼重要的訊息，也走上前湊近一看。

但當我走到人群後排時，最先注意到我的同學看到我時，頓時露出了驚訝的表情。

接著快速地拍了拍身旁有人的肩膀，低喃道：

「來了，就是他！」

我疑惑地偏了偏頭，此時注意到這句話的同學，都開始將視線往我身上投射。

「他就是張尋樂？」

「看起來好普通，完全想像不到呢！」

議論快速擴散，此時幾乎所有人都往我這裡看過來。

被眾多視線給包圍，令我感到渾身不適。

我先是努力忽視同學們的關注，想走到黑板前看看到底發生了什麼事。

然而看見我作勢想要往前走時，前方的人群便這麼迅速地往兩旁退開，讓我通行無阻。

我有些不知所措地吞了吞口水，接著往黑板上的紙張一看。

紙的最上方寫著「一年甲班社團列表」，而下方的表格則是同學們分別參加的社團與名單。

由右至左，是從最多人參加的社團至最少人的社團。

較多人選的社團分別為電影社、籃球社、漫研社、家政社、圖書社等等……下方寫滿了許多人的名字。

但是位於最左方的社團，卻僅僅只有一個人的名字——

尋物社：張尋樂。

這時我才發現，班上只有我是單獨一個人參加社團的。

該不會是被人認為我是個孤僻的人吧……

「那個……」

此時一旁的女同學，怯怯地對著我發出聲音：

「我姊姊是二年甲班的學生，常常聽她提到尋物社的事情，聽她說要加入尋物社，就要找出並解開學長姊的謎題，這是真的嗎？」

被這麼多渴求知道答案的眼神圍繞，我也只能騷了騷臉老實回答：

「嗯，我加入的時候確實是這樣的……雖然找到招募謎題的原因只是偶然罷了。」

不過我卻後悔回答對方的問題，因為接下來無數的問題如同洪水般接踵而來——

「我聽漫研社的學長說，尋物社的期末成績非常難拿，你為什麼還會想加入尋物社呢？」

「我已經畢業的堂哥也跟我說過呢！尋物社社員真的都是偵探嗎？只要有需求，真的都可以委託尋物社嗎？」

「聽說以前的尋物社學長姊，在學校裡藏著寶藏的傳聞是真的嗎？」

「可以告訴我你現在的心情嗎？」

就在我快被問題的洪水給淹沒的當下，一陣敲門的聲音解救了我——

「在吵鬧什麼呢，早自習已經開始了喔。」

班導師從門外走進來後，聚集在我身邊的同學也這樣緩緩散去了。

當大家都回到自己的座位後，導師站上講台並將班級社團列表從黑板上收了下來，接著說：

「大家應該都確定，自己的名字都在正確地在當時選的社團名單裡了吧？」

面對導師的問題只有少數人回答，但有更多的人私底下議論紛紛了起來。

「好了，不要交頭接耳了。我知道大家因為班上出現一名尋物社社員而感到驚奇，畢竟是沒辦法從社團主任手上，拿到入社申請表的風雲社團嘛。不過現在還是希望大家把注意力，放在接下來要做的正事上。」

導師在黑板上寫下各幹部的職位，接著說：

「現在我們要來選班級幹部，首先班長有人要自願或者提名的嗎？」

「我要提名！」

此時一名男同學站起來，表情認真地說：

「我覺得身為尋物社的張尋樂，應該有能力勝任班長的職務。」

……蛤！

「那麼有人要自願當風紀，或者是提名的嗎？」

「我也要提名！」

又一名女同學站了起來，明快地說：

「我覺得班上獨自參加尋物社的張尋樂，應該可以公平公正地擔任風紀股長！」

……蛤?!

班導師皺著眉頭，乾笑著回頭過來說：

「你們不要為難尋樂同學嘛。」

「才不是呢，是因為我們還不認識彼此，不知道還有誰可以勝任這些職務，但是能夠加入尋物社的尋樂同學，不就證明了他突出的能力嗎？」

「沒錯、沒錯！」

「可是我想尋樂同學再厲害，也沒辦法身兼數職的，所以到時會以投票決定喔……那麼衛生股長，有人要自願或提名的嗎？」

此時好幾位同學都同時舉起了手，並不約而同地說：

「我要提名——！」

糟糕了，這好像不是我所希望的發展啊……

# 05

「嗯……發生了這樣的事情，所以我理所當然當上班長了。」

中午，位於尋物社社辦，我對著位於兩個書櫃中間、靠著牆面的小沙發上，那個閱讀著書籍的小不點少女訴苦。

「是嗎？」

對方心不在焉地喃喃了一句後，只是將書翻至下一頁，看起來除此之外就沒有多餘的感想了。

我替自己抱不平地說道：

「妳好歹也說些什麼吧？我可不知道原來尋物社這麼有名，也不喜歡變成學生們關注的焦點。」

智桃用天青石色的雙眼瞥了我一眼後，又繼續將視線定在書上說：

「我不早就告訴你了，加入尋物社會很辛苦不是嗎？」

我沉下臉回應：

「原來所謂的辛苦是指這個啊……」

智桃掀開放在旁邊小木圓桌上的白瓷杯蓋，此時從杯中的黑色液體裡，飄散出了濃郁的咖啡香氣。

她拿起瓷杯對著我說：

「歷屆尋物社社員，全都是學校裡的風雲人物，這點我還以為你早就已經知道了。」

我無奈地嘆了口氣，回應：

「妳覺得我這個當時連尋物社是什麼的新生會知道嗎？」

智桃啜了一口杯中液體後說：

「用不著事先說明，反正加入尋物社的你，遲早都會明白的。」

我無力地低喃：

「多麼不盡責的社團長啊……」

「那麼你打算怎麼樣呢，退社嗎？」

智桃「呵」笑了一聲，將瓷杯放回小木圓桌上的同時，也將書面翻至下一頁，隨後看著我說：

「退社的話，你就和那一億元的寶藏無緣了喔。」

聽見這句話，我再也沒辦法做出反駁。

她就像看穿了我的心理一樣，讓我感受到一股涼意直竄背脊。

「你是不是真心想加入尋物社、或尋物社的本質是不是與你的興趣相同、又或者你是不是真的想幫助那些委託的人、亦或你會不會因為身為尋物社的社員而感到光榮，這些對我來說全都無所謂，因為我知道你加入社團的動力，就是那一億元的寶藏。」

智桃將裙襬下的大腿交疊，接著說：

「但相對地，若你真的有決心想要找出寶藏，那麼這些事、包含社團的活動，就當作是尋寶的代價看待不就好了嗎？反正依我看來，不管任何阻礙，都不會打消你想找出寶藏的念頭吧？」

此時的我對一件事情感到非常在意：

「難道妳不怕寶藏就這麼被我搶走嗎？」

智桃忽然微瞇起雙眼直視著我。

發現自己似乎說錯了什麼而趕緊改口：

「我不是說自己的能力在妳之上，而是我覺得很奇怪——妳不惜讓我這個想要把寶藏占為己有的外人，去找出你們同樣正努力找出的寶藏，也要把我拉進在社團裡面，究竟是為了什麼？」

智桃揚起眉毛說：

「說什麼外人，你不也是尋物社的社員嗎？況且，並不是任何阿貓阿狗，隨隨便便都能進入尋物社的。」

「我是指……我才剛入社沒多久而已呢。」

此時對方閉起了雙眼，淡淡地說：

「比起寶藏，我更在意的是尋物社能不能繼續存在下去，這是歷屆尋物社學長姊們傳承下來的精神，所以我也會履行這個精神，畢竟這樣的精神傳承了二十年之久，我沒有資格去改變它。」

她睜開雙眼後，又將書面翻至下一頁，接著說：

「澍澤高中社團的規定是，若人數低於五人的話，那麼一到三年級就必須分別要有一名社員才行。若空了一屆沒社員，就會被作為警告名單；而若空了兩屆，就會面臨廢社的危機。尋物社在幾年前，就已經空有一屆沒社員了，要是又發生一屆，社團恐怕不保。所以不用覺得你占了我們的便宜，我也是為了自己在著想的。」

聽到這裡，我放下心中的疑惑，點了點頭回應：

「我明白了。」

智桃揚起了一抹淡笑，隨後微微抬起頭來問：

「那麼，昨天給你的謎題，現在有什麼想法了嗎？」

我從口袋中拿出謎題複本，回應：

「嗯，昨晚稍微做了點研究，稍微有些進展了。」

智桃玩味地挑起眉毛道：

「喔？說來聽聽吧。」

我把謎題複本攤在小不點少女面前，說出我目前的推測：

「我還不確定紙張正確的閱讀方向是什麼，但以內容上的日本國旗來推測，應該都與日本拖不了關係。

首先，將日本國旗位於左上角的位置來閱讀的話，那麼中間的曲線外型，就像是一個人面向左側的側臉輪廓，而打叉的符號正好在人臉的眼睛位置上。

對於人的側臉輪廓，讓我想到知名的藝術作品——『魯賓之盃』。

說到魯賓之盃，就是圖地反轉的代表作；以兩個面對面的側臉輪廓組成一個盃。

所以我推測，會不會是和日本文化有關的社團，他們擁有的獎盃有所關連，而打叉的位置就是關鍵點呢？

另外——」

我將謎題複本反轉了一百八十度，接著又說：

「同樣地，因為謎題內容應該與日本脫不了關係，所以我查閱了那常出國的父親，所留下的日本旅遊手冊。

並發現如果將日本國旗，位於右下角的位置來閱讀的話，那麼中央的線條圖案，則與日本岩手連接至宮城的沿岸外型大致上符合。

而比對旁邊打叉的符號位置，則是宮城縣的大崎市。

不過尋物社流傳下來的故事內容是說，寶藏藏在澍澤高中裡，因此剔除了得去到那遙遠的大崎市的可能性。

所以我推測，應該是校園中的某個有日本地圖、或是世界地圖的地方，位於地圖中宮城縣大崎市的位置上，藏有什麼玄機吧？」

聽到這些，智桃頓時將書本給闔上，並露出滿意的笑容直視著我說：

「僅僅一天就能推測到這種地步，又進一步證明我果真沒有看錯人呢。」

她將書本放在沙發旁邊的座位，接著又拿起裝有咖啡的瓷杯說：

「既然你已經推論到這種程度了，那麼我也告訴你相對的進度吧——首先先問你一個問題，你對於第一種推論；也就是將中間的圖案推測為魯賓之盃，進而想到與獎盃有關的這個推論，是答案的可能有多大呢？」

我捏著下巴思考了一下後說：

「不到百分之五……或許更低吧。」

智桃將杯緣貼至嘴唇，挑了挑眉問：

「喔？為什麼呢？」

「原因很簡單，假如今天我是設計謎題的人，若要想到這個謎題要能傳承十幾二十年，讓未來的學弟妹尋找的話……

我不會把謎題環節，設計在隨意都能移動的物體上。

然而獎盃這種東西，是能夠輕易移至別處的東西。

相對地，若刻意釘在某個特定的位置，也會太過於顯眼或突兀，這麼一來也會容易被人輕易破解。」

聽到這的智桃滿意地點了點頭，隨後說：

「你說得沒錯，然而我實際上也找過了柔道社、茶道社、劍道社、弓道社、空手道社、漫研社等等……所有與日本有關，且有獎盃或杯子的物體。

甚至包含盃與杯子的畫作、以及人側臉的畫作，還有人物雕像的臉部，這些全都澈底調查過了，仍然沒有任何進展的線索。」

我戰戰兢兢地問：

「……也就是說這個可能性，已經被妳給調查完了嗎？」

智桃毫不猶豫地回答：

「沒錯。」

我滲出了冷汗。

這名小不點學姊，為了找到這個寶藏，到底付出了多少心血，大概是我無法想像的事情。

「智桃學姊、尋樂學弟——」

此時，一名巨大少女打開了社辦大門，手中提著一大袋物體，對著我們說：

「我把午飯買來了喔，先填飽肚子吧！」

我騷了騷頭，有些不好意思地對著昕遙說：

「辛苦妳了，還託妳替我買午飯，昕遙學姊。」

對方搖了搖頭，仍擺著陽光般溫暖的笑容道：

「不會，反正我一直以來都是幫智桃學姊買飯的，既然學弟還沒吃的話當然順便一起買囉！」

……果真是助手。

「那麼剛才說到哪裡呢？」

智桃的聲音將我的注意力給拉了回來。
此時的昕遙皺起眉頭，露出會令男性感到疼惜的神色說：
「唔，對不起，我打斷你們了嗎？」
「沒有，請不要在意。」
我說完後，捏著下巴回想了一下，接著道：
「剛才說到妳已經將第一個推論的可能性，已經全被妳給調查完了。」
「是的。」
智桃走到昕遙面前，從袋子裡拿出了一碗紙碗，打開塑膠蓋後，裡頭飄散出清甜的番茄香氣。
她看了看碗裡的內容物一會兒後，才又對著我說：
「重新調查已經碰壁的方向，這種沒效率且憋扭的做法我是不會做的，所以現在應該要找出更有可能性的方向——」
智桃拿著紙碗走回到沙發上，並從旁邊的櫃子抽屜中，拿出了一把銀色叉子，接著又問：
「那麼關於第二種推論，也就是將紙張倒過來，將中間的圖案推測為日本岩手，連接至宮城沿岸的這個推測，你認為是答案的可能性有多大呢？」
我思考了一下後說：
「大概，百分之六十……」
卻忽然發現對方語中的奇怪之處，因而改口詢問：
「……等等，倒過來？妳是怎麼知道謎題的閱讀順序呢？」
「妳終於注意到了，是嗎？」
用銀叉玩弄著麵條的智桃，露出了一抹微笑，接著說：

「謎題內容上的其實並不是日本國旗——紅日偏左邊，並有十六條光線從紅日放射至旗幟邊緣；是日本海上自衛隊所使用的『旭日旗』。
所以如果讓旗幟位於右下角的話，紅日是偏向右邊的，但這並不符合任何旗幟樣式。因此正確的閱讀方向，應該是讓旗幟位於紙張的左上方才對。」
「……原來如此。」
我看了看手中的謎題複本，改口說：
「我收回方才的那句話，可能性大概降為百分之五左右吧……」
看見我表情的智桃，安慰地說：
「先別氣餒，畢竟這個可能性我倒是沒想過，而且也算是挺有建設性的推論。」
此時她的表情轉為像是在嘲笑自己一般，接著說：
「但也可以說是，我已經沒有其他的方向了吧。」
看見那個表情的昕遙，有些擔心地喃喃了一句：
「智桃學姊……」
不過智桃很快地就恢復成正常的表情，並對著我說：
「先吃飯吧，張尋樂學弟。吃飽飯後，就來證明你那個推論的可能性吧。」

## 06

吃完午飯的下午——
我跟在擁有一頭愛麗絲藍長髮的小不點少女身後，不斷往教學C樓更高樓層的樓梯走去。
「我們現在要先去哪裡呢？」

智桃並沒有回頭看我，而是持續爬上階梯說道：

「位於這棟教學C樓六樓的地理專科教室，我印象中那間教室裡，有一幅占滿整面牆的世界地圖。」

……還有三層樓要爬啊。

想到這裡，我便打算用聊天來打發時間，因此對著前方的少女說：

「妳昨天不是說過，既然我要找到寶藏，就必須靠自己的力量破解謎題，而不是尋求協助，但妳現在為什麼要幫我呢？」

「呵，幫你？」

對方用一臉似笑非笑的表情，回頭過來看著我問：

「你覺得我現在正在幫你『破解謎題』嗎？」

我聳了聳肩說：

「妳告訴我有一幅世界地圖的情報，並且現在還帶著我去那間的理專科教室，不就是正在幫我嗎？」

對方將視線轉回前方，接著說：

「我指的是破解謎題的推理，我不會給予協助。而現在是因為你的推理，得出謎題中間的圖案，可能是日本岩手連接至宮城沿岸的這個理論，我只是想見識一下正不正確罷了。」

「原來如此。」

我將視線往一旁牆上的學生畫作看去，並問：

「話說回來，我有一直很在意的幾個事情。」

「說吧。」

「尋物社流傳下來的故事裡，那個創立尋物社的，是一個叫『C』學長的人吧？」

「沒錯。」

「然而第一道謎題與第二道謎題解開後，那兩名雙胞胎姊妹留下來的信，也是自稱『N』學姊與小『n』學姊……」

我望著智桃那因為爬階梯而搖曳的白色裙襬，接著問：

「為什麼他們都要用英文字母來代稱自己呢？」

小不點少女踏上四樓走廊後，回頭看了後方的我問：

「這麼問你好了，如果你中了一億元的彩票，你會把自己的名字，大搖大擺地告訴任何人嗎？」

我停下腳步，恍然大悟地說：

「嗯……說得也是呢。」

智桃點了點頭後，繼續往更上方的樓梯走去，並接著說：

「我們也試著找過關於第一屆社員的資料，但全都被人刻意抹消般，完全找不到任何痕跡。我想當時的那六名社員，早就想過涉及一大筆金錢，多少會有顧及人身安全的可能性；例如被人用惡劣的手法威脅，要求交出寶藏之類的。所以才會在謎題與他們留下的訊息中，全都以字母代號來自稱自己。」

「大致上明白了，不過……」

聽見對方這些話，我頓時想起昨天看見的那名紅眼黑衣男，而有些不安地說：

「說到這裡，我昨天發現有個穿著黑色大衣的男性，似乎在偷偷觀察我。」

此時前方的少女忽然停下了腳步，讓原本望著地面回想昨天情境的我，差一點就將臉埋進了那嬌小的屁股裡。

當我趕緊往後拉出一段安全距離後，智桃回頭說了一句令我感到疑惑的話：

「原來你也是嗎？」

「咦？」

我眨了眨眼，詫異地喃喃：

「……也？」

智桃點了點頭，接著繼續往前走去，說：

「這幾天以來，我和昕遙都發現有個黑衣男子，不時會在尋物社社辦周圍徘徊，更有些時候會偷偷跟蹤我們。然而如果你也是這樣的話，就能確定那個人鎖定的目標，都是尋物社社員了。」

我吞了口口水，戰戰兢兢地問：

「……妳知道他是誰嗎？跟蹤我們的目地又是什麼呢？」

「我也不知道黑衣人的身分，但我想八九不離十是覬覦寶藏的人吧。」

此時她回頭過來，揚起一抹淡笑對著我問：

「怎麼，你害怕了嗎？」

我捏著下巴回應：

「與其說是害怕，不如說是到不安吧，畢竟我手頭上又沒有寶物。不過相較之下，我反而比較擔心妳和昕遙兩人。」

智桃輕笑了一聲問：

「擔心我們？」

我攤了攤手，理所當然地說：

「畢竟妳們都是女孩子，而且還擁有那市值高達上百萬的玉鐲，如果那個人真的是覬覦寶藏的話，那麼妳們倆正好是他的目標不是嗎？」

「用不著擔心，雖然我又瘦又矮小，而且根本沒什麼力氣，體力也不怎麼好。」

竟然全部自己承認了……

「不過以我的背景和人脈，任何頭腦正常的人，是不會把腦筋動到我身上來的。」

我疑惑地問：

「這話是什麼意思？」

「希望我接下來說的事情，不會讓你對我感到退卻。」

對方踏上五樓的走廊後，停下腳步轉身面對著我。

接著忽然解開制服上衣的領結，露出了一部分的胸膛。

我頓時睜大了雙眼——

在那嬌小的左胸內側，刺了一個黑桃圖案的刺青。

「我是黑道『桃壢會』大姊頭——人稱『鬼語女』的女兒。」

「桃壢會……」

說到桃壢會，是聚集地主要為桃園中壢一帶，那無人不知、無人不曉的知名黑道集團。

我以前還住在桃園老家時，人們只要提起台灣黑道，都會第一時間說出「桃壢會」這個名字。

看見愣在原地不動的我，智桃有些失落地嘆了口氣，並將領結別了回去，接著把頭撇向一邊避開我的視線，問道：

「果然嚇到你了嗎？」

看見對方的反應，我也趕緊將視線從她身上轉移至別處，有些尷尬地騷了騷臉說：

「不……只是覺得驚訝而已，畢竟妳到目前為止所給我的感覺，都與黑道扯不上邊。」

對方沉默了一會兒後，忽然「呵」了一聲笑了出來。

「你和昕遙說了相同的感想呢。」

智桃安心地閉上眼睛，淡淡地說：

「你能這麼認為就好了。」

她說完後，又繼續朝下一層樓前進。

看見對方的背影，此時的我隱隱約約理解了一些事情，而小聲地喃喃了一聲：

「是嗎……」

她因為出生於黑道家庭，所以似乎很在意別人看她的眼光的樣子。

看來以後得小心，別過問這名小不點少女家庭的事了。

我隨後跟上對方的腳步，接著又問：

「那麼昕遙學姊呢，妳不擔心她嗎？」

「她啊，你也不用操心。別看她有時候笨手笨腳的，她可是有合氣道五段的背景喔。」

雖然我對武術一竅不通，所以也不知道她所說的五段，是擁有什麼樣的水準。

不過既然都說不必為昕遙擔心了，就代表應該是很了不起的程度吧？

「另一方面，雖然一億元說起來不是筆小數目。

但在黑道環境下長大的我非常清楚，這筆錢對大型犯罪組織來說，根本不放在眼裡。

真正會對還不知道藏於何方的一億元動腦筋的，都只是些小人物罷了。」

我吞了吞口水，仍放不下心地說：

「真是這樣的話就好了……」

此時智桃「呵」笑了一聲問：

「倒是你，你是怎麼上下學的呢？」

我老實地回答：

「……獨自一人走約十五分鐘的路程。」

她回頭過來瞥了我一眼，笑著對著說：

「看來現在反過來換我擔心你了呢。」

我聳了聳肩說：

「我覺得自己倒是不至於會有什麼危險，畢竟我說過了，我身上又沒有任何值錢的東西。」

「很難講，當時的你都看到了吧，社辦裡那放有寶物的保險箱。」

『奧斯卡・王爾德、保羅・科爾賀、埃德蒙・伯克、尼爾・史蒂芬森——字首組成就是「OPEN」！』

「我想以你的能力，早就把開啟書櫃的謎題，以及保險櫃密碼都牢記在心了。」

『尋物社的成立日期是九月二十三日……零、九、二、三！』

……面對這樣的事實，我無法做出反駁。

我臉上滑下了一顆不安的汗珠。

「先不討論這事——我們到了。」

智桃停在一間教室的門牌下。

門牌上印著「地理專科教室」，而附門牌則印著「C6F3」的字樣。

我跟著小不點少女，一同進入此時空無一人教室內。

果然，在教室後方的牆面上，我看到了占據整面牆的巨大世界地圖。

我先找出位於世界地圖上的日本後，接著拿出口袋中的謎題複本。

隨後將旭日旗的位置，位於紙張的右下角，並與地圖保持適當的距離，讓謎題中間的線條，能與日本地圖上岩手連接至宮城的沿岸外型對其。

然而雖然無法百分之百完全對準，但線條外型大致上確實符合。

比對謎題內容後，我走到地圖面前，撫摸並觀察了線條旁邊打叉的位置一會兒。

打叉的位置，是地圖上標著「大崎市」的地方，但我並沒有發現任何可疑的線索。

指尖也在地圖表面上來回游移，卻只感覺到平滑的表面。

「尋樂學弟，過來幫我一下。」

此時智桃的聲音從我後方響起。

回頭一看，她高舉著手中的謎題複本，卻因為身高的關係，無法讓視線與謎題複本和日本地圖呈現水平。

我看了看周圍，這間教室似乎不常使用的關係，因此桌椅都被整齊地堆放在教室兩旁。

「等我一下，我幫妳拉張椅子過來。」

「別浪費時間了，用椅子的話還要擦乾淨又得歸位，你直接把我抱起來不就行了嗎？」

我露出了僵硬的表情道：

「妳是認真的嗎？」

智桃卻以一臉無所謂的表情，看著我說：

「你看我的臉像是在開玩笑嗎？我說過了，沒效率的事情我是不會做的，所以別愣在那了，快點。」

我無奈地嘆了口氣後，來到智桃的背後。

此時她也自動自發地將雙手往兩旁平舉，接著說：

「別抱身體，會很不舒服的，托住腋下把我提起來就好。」

「是、是……」

雖然平時的智桃，無法感受到身為黑道家庭的氣質。

但是命令人做事的氣勢，倒是滿符合的。

我雙手由下而上地，托住了小不點少女的腋下，接著將她整個人給舉了起來。

雖然因為身高，再加上纖瘦的關係，因此智桃感覺起來並不算重，可是提起一個人多少會覺得吃力。

為了有足夠的力氣將她給支撐住，我只能選擇較短的施力距離；也就是將她貼著我的身體，這樣才能有效地發揮胸部至上臂的肌肉群。

不過也因為這樣，小不點少女的頭髮不斷碰觸到我的臉頰，一股香氣也不斷撲鼻而來。

「……可以了嗎？」

我有些吃力地問了一句。

「還沒，等我一下。」

智桃完全不在意我的感受，只是將注意力放在手中的謎題，以及前方的地圖上。

過了一會兒，她才將手中的副本放下。

原本以為已經可以將她放下來了，但她之後的需求，讓我感到百般無奈：

「保持這樣的高度走到地圖前面，我想稍微檢查一下。」

雖然知道只能滿足她的要求，但在抬著智桃走向前方的同時，還是不忍不住發出抱怨：

「這些原本都是昕遙學姊的工作嗎？她還真是可憐……」

智桃一邊檢視著地圖，一邊說道：

「昕遙抱著我的時候雙手才不會一直發抖，這樣的力氣與她相較起來，身為男性的你可要多多檢討喔。」

我會抖可不是因為力氣不夠的關係啊……

我在心中如此喃喃道。

「現在我還真希望昕遙學姊現在能在這裡……」
智桃邊撫摸著地圖，邊說：
「你在說什麼呢，如果連她也來的話，就沒有人在社辦了，到時要是有委託人的話該怎麼辦？」
「這我當然知道……只是稍微說出我現在的願望而已。」
此時智桃失望地吐了一口氣，說道：
「看來把中間的圖案，想為日本岩手連接至宮城沿岸的這個推測，並不是答案。」
隨後她才回頭對著我說：
「可以放我下來了。」
得到許可後，我才將小不點少女的雙腳放回地面。
智桃站穩腳步後，才接著說：
「不過這早就是預料之中的事了。」
我理所當然地喃喃：
「妳果然剛開始就知道了啊……」
智桃露出淡笑，抬頭看著我問：
「你是剛才才發現的嗎？」
「嗯……」
我點了點頭後，將視線轉到牆面的大型地圖上說：
「如果真的是陸地的沿岸外型，那麼用徒手所畫出的線條，誤差率實在太大了。當時我父親留下的旅遊手冊，因為礙於版面的關係，地圖是被縮減過的，所以線條才能大致符合。但相對於這種大型且精緻的地圖來說，仔細看的話會發現，實際上沿岸的線條複雜許多，因此可能性太低了。」

智桃笑了幾聲後說：

「解謎這件事情，本來就伴隨著無數的錯誤推論，我也只是有一點點在意才過來看看而已。」

「雖然我也覺得，自己沒有優秀到一次就能找到答案，不過……」

我再次伸手撫摸了地圖的表面，接著問：

「我發現這幅地圖並不老舊，看起來就像近幾年才裝上去的，這讓我想到一個問題——寶藏就這樣藏在學校的某個地方，難道不會因為學校整修，而讓藏寶的地點被破壞或發現嗎？」

智桃單手支撐著腰側，思考地說：

「以第一屆尋物社社員的能力來說，絕對不會沒想過這個問題，因此他們應該有化解這個問題的方法吧，雖然我還不明白就是了。

然而在歷屆的尋物社學長姐中，有人對這個問題提出了一些推論——

例如其實第一屆尋物社社員，仍在我們不知道的情況下持續關注著學校。

或是他們早已和校長、董事長等人打好了關係，並持續保持著聯絡，來防止日後的校園修繕、改建等不會破壞到謎題的環節……雖然這麼說好像有點誇張，但也無法知道真正的情況，所以這些都只是我的推測而已。」

隨後她抬起頭來直視著我，接著說：

「不過以他們的能力，應該有妥善的解決方法才對，但與其在意藏寶地點會不會被破壞，或是被其他人給發現，首先我們最應該要關注的，還是手頭上的謎題解答。」

我點了點頭，認同對方的想法道：

「說得也是。」

此時智桃將話題重點給拉了回來：

「那麼對於這道謎題，你還有其他的想法嗎？」

「其實我還有最後一個推論，只是……」

我將手中的謎題複本半舉，並揮了揮說：

「若要證明這個推論，我得回到社辦，檢查謎題的正本才行。」

聽到這句話的智桃，臉上明顯地露出了警戒的氣息。

## 07

回到社辦內，坐在中央書桌前的昕遙一看見我們，便馬上起身替我們倒了杯水，接著問：

「辛苦倆位了，有什麼重大發現嗎？」

我接下巨大少女遞到面前的紙水杯後說：

「謝謝妳，昕遙學姊，不過我們沒發現什麼東西。」

智桃也接下了水杯，啜了一口後說：

「到目前為止還是個死胡同。」

昕遙微笑但皺著眉頭，替我們加油地說：

「真是可惜，不過總有一天會有進展的。」

此時智桃「跳」坐在書桌前的木椅上，對著一旁的巨大少女說道：

「昕遙，去保險櫃裡把第三道謎題的正本給拿出來吧。」

「好的！」

對方回應後，便走向後方書櫃。

而隨後，智桃將視線轉向我問：

「那麼尋樂學弟，你說的最後一個推論是什麼呢？」

我將謎題複本攤開來，放在她面前的書桌上，並指著上面的一處說：

「謎題右下角的位置，有很明顯的藍色汙漬，我覺得這上面原本寫了什麼，但似乎是因為沾到水而糊掉了。」

「果然沒錯。」

智桃露出了彷彿早已經知道我要說這件事的表情，接著說：

「那個藍色汙漬確實很可疑，但是不管上面曾經寫了什麼，我們都無法將它重現，畢竟已經變成一灘墨水了。」

「妳錯了……不，應該說……」

我視線冷冷地對著那雙天青石色的眼睛，接著說出我的直覺：

「妳說謊了。」

此時的她微微瞇起了眼睛。

我繼續說了下去：

「並不是沒有方法讓上面的內容重現，而我想以妳的能力，大概也知道該用什麼方法才對，只是妳不敢採取那樣的做法罷了。」

「喔？」

智桃揚起眉毛，露出有趣的表情說：

「你倒是說說看，是什麼方法呢？」

「我拿來了。」

此時昕遙回到我們身邊，接著將放在夾鏈袋裡的老舊紙張給放在書桌上。

我食指指著昕遙拿來的謎題正本，解釋：

「這個謎題的內容，是使用原子筆所寫的，然而任何人都知道，尖銳的筆尖能夠在紙張上留下筆痕，因此即使墨水被擦去，只要用炭筆塗刷表面，就能夠重現出筆痕。」

我沉下雙眼直視著小不點少女說：

「但妳卻不敢使用這個方法。」

對方並沒有對我的這些話作出任何反駁，因此繼續說了下去：

「要知道這件事情很簡單……」

我回想起剛才在地理專科教室時，智桃也擁有屬於自己的一份謎題複本——

「從妳印製了不只一份謎題複本，這種極為保護正本的手法就知道了。」

智桃拿著紙杯的雙手微微顫了一下。

「而妳也說過，妳的推理模式，就像是直線加速賽車，雖然可以在一瞬間統整所有線索來得出答案，但卻並不擅長引導出新的線索。

也因為這樣的特質，妳非常害怕原有的線索一去不復返，所以刻意地迴避這種無法回頭的手法。」

我停頓了一下，隨後捏著下巴繼續說道：

「畢竟如果在上面塗刷了炭筆跡，那麼這道謎題將會附著一層黑炭粉。

再加上妳也說過，謎題的正本因為長時間受潮而相當脆弱。

因此若失敗而要將炭筆跡擦去，面對脆弱的紙張將是更大的傷害。」

隨後我將視線定睛在小不點少女身上，說出最後的結論：

「也因為這樣，所以若這麼做的話，炭筆跡或許將會永遠留在上面，並再也看不見那藍色汙漬原本的樣子，這就是妳所害怕的原因——我說得沒錯吧？」

「你還真是……優秀得令人毛骨悚然呢。」

智桃冷冷地笑了幾聲，將手中的紙杯放至桌面上，接著說：

「你說得一點都沒有錯，不過我並不是因為害怕自己找不出答案，所以不敢用這種方式，而是我對於尋物社的一切，就如同學長姐們一樣，都是以社團的未來在著想——」

對方的眼神忽然變得銳利，語氣也變得更加冰冷地說：

「如果今天你使用了炭筆塗刷筆跡，而結果卻沒有任何線索，你該怎麼對未來同樣也有尋寶資格的學弟妹們交代？

另一方面，你又要怎麼對曾經付出努力，絞盡腦汁想破解謎題的學長姐們、甚至是第一屆尋物社那些社員們怎麼交代？

為了尋物社的延續，辛辛苦苦設計的謎題就這麼終止、以及其他學長姐們辛辛苦苦找出的環節，就這麼斷送在你手上——這樣的責任，你擔得起嗎？」

「我把話直說好了……」

我雙手重放在桌面上，言重地說：

「我加入尋物社，唯一的原因就是那一億元的寶藏，什麼責任、對學弟妹和學長姐的交代，還有尋物社的延續，這些我全都不在意。我就只想找出寶藏，而我想找到寶藏的慾望，絕對不會比你們還少！」

看見爭鋒向對的我們，昕遙露出擔心的眼神喃喃：

「那、那個……」

「不管怎麼樣，今天作為社團長，我就絕對不會答應，你在重要的正本上塗炭筆跡的。」

智桃無視昕遙的聲音對著我說。

我對著她話語中的弱點提出反擊：

「把這樣的我加入社團的，同樣也是身為社團長的妳。」

智桃的右眉顫了一下，看來她似乎開始覺得不高興了。

她將雙腿交疊，語氣變得低沉地說：

「我們無法改變謎題設計者的失誤，一張紙放了二十年，你要如何保證不會受損？然而與其膠著在那樣的失誤上，不如接受事實，繞過這個失誤找出謎題的突破點，才是對任何人都無害的方式。」

聽到這句話，讓我失望地嘆了口氣說：

「失誤？妳為什麼就是這麼不想去認定，這上面的汙漬是謎題刻意安排的內容之一呢？」

智桃指尖敲打著桌面，明顯不悅地問：

「那麼，你得要拿出不是失誤的證據來啊？」

「證據就在妳曾經說過的話裡面！」

我指著智桃的鼻頭，質問：

「在地理專科教室裡的時候，我提起寶藏難道不會因為學校整修，而讓藏寶地點被破壞或發現的這個問題時，妳是這麼回答的吧——

『以第一屆尋物社社員的能力來說，絕對不會沒想過這個問題，因此他們應該有化解這個問題的方法。』

所以現在換我問妳，妳覺得以第一屆尋物社社員的能力來說，他們會犯下這樣的失誤嗎？」

智桃不以為然地反駁：

「你的思路太單純了——不管再優秀的天才，還是有可能犯錯，除非你能證明那不是個錯誤！」

一旁的昕遙不知所措地說：
「智桃學姊……尋樂學弟，冷、冷靜一點……」
「那我就證明給妳看——」
我拿起裝在夾鏈袋裡的謎題正本，並對著旁邊的昕遙問：
「這個塑膠夾鏈袋看起來很舊了，是因為和謎題一起被發現的嗎？」
昕遙措手不及地眨了眨眼，點頭回答：
「呃、嗯……是喔，不只是這張謎題，過去所發現的謎題題目，全都是裝在夾鏈袋裡的喔。」
得到證實後，我將視線轉回智桃身上，問道：
「既然裝在夾鏈袋裡，又為什麼會被水給弄濕呢？」
智桃聳了聳肩，理所當然地說：
「這點很簡單吧？夾鏈袋或許有破洞，所以水才能滲進去不是嗎？」
「那麼如果沒有破洞呢？」
我將夾鏈袋打開，並將裡面的謎題正本給拿了出來。
隨後拿起水杯，在塑膠夾鏈袋裡裝入了水。
當水把夾鏈袋裝得鼓起來之後，我捏住夾鏈袋上方，並按壓了幾下裝有水的袋子。
此時沒有任何一滴水從袋內滲出來，由此可知這個夾鏈袋並沒有任何破損。
「看到了嗎？突破點就在妳的面前！」
智桃不甘心地咬起牙關。
看見這個表情的我，明白了一切：
「妳不是不知道，而是這一切都是妳的膽怯所作的狡辯！」

「不管怎麼樣，我還是不允許你在珍貴的謎題上動手腳！這個謎題是屬於尋物社的，而不是任何人的！」

「——回想一下吧！」

我重拍了一下桌面，然而這個舉動嚇到了一旁的昕遙，但我並沒有因此收斂自己：

「那個『N』學姐留下的信，裡面提到的一句話——除了要抱持著絕對想發掘出寶藏的執著，以及擁有絕不放棄的毅力之外……」

說到激動處的我，不禁提高了音量：

「更重要的是，擁有不怕失敗的決心，以及勇於嘗試的勇氣啊！」

我掄起雙拳低吼：

「我不會忘記學姊的教誨……雖然我也知道妳為此付出了許多心血，但是我更希望妳能夠跨出那不敢跨出的一步！」

「冷靜一點——！」

昕遙大喊了一聲，並環抱住我的左臂，安撫地道：

「……冷靜一點，這麼爭執對解開謎題是不會有好處的。」

也因為這樣，我才稍微平復了下來。

而原本打算說什麼的智桃，也將話語給吞了回去，改口說：

「昕遙說得沒錯，我們還是冷靜一點吧。」

我俯視著小不點少女，冷冷地說：

「妳太過於冷靜了，所以才無法突破這一步。」

智桃並沒有把這句話放在心上，而是將一旁的陶罐給打開，並從裡面拿出了一顆青蘋口味的軟糖，淡淡地說：

「到此為止了，張尋樂學弟，說到底我還是這個社團的社團長，我所做的決策，身為學弟的你仍必須服從。」

隨後她將軟糖遞到我的面前，接著道：

「吃顆軟糖放輕鬆，冷靜下來吧。」

我望著那顆小熊外型的軟糖一會兒。

「我才不要吃妳的爛糖。」

接著轉身打算離開這個社辦。

「學、學弟……」

「隨他去吧，昕遙。」

我打開社辦大門，打算就這麼離開社團——

但此時，門外卻站著一名表情憂鬱的少女。

她擁有一頭有些毛躁的墨綠色頭髮，以及一雙掛著深邃黑眼圈的銘黃色雙眼。

對方低垂著頭，不斷不安地搓揉著雙手。

「妳有事要委託尋物社嗎？」

少女拱著背點了點頭。

我側身讓出了路，接著說：

「請吧。」

這時少女才默默地走進了社辦。

隨後正當我打算離開這裡時，智桃忽然叫住了我：

「原本想讓你離開好好冷靜一下，但有委託就另當別論了。」

我回頭瞥了智桃一眼，對方表情認真地說：

「如果你還想找出寶藏，那麼勢必得維持尋物社社員的身分，然而要維持這個身分，進行社團活動就是必要的條件。」

她用食指指尖敲了敲桌面，接著說：

「回來坐下，好好解決這次的委託吧。」

## —04—

〈是誰偷走了無口少女的講義費？〉

執著、毅力、決心與勇氣，這是彌補妳缺陷的重要關鍵！

為了找到寶藏，我絕對會讓妳徹底明白這個道理的！

01

「那麼首先，妳叫什麼名字呢？」

當智桃這麼問後，坐在對面的陰沉少女仍不安地捏著手指，並用很勉強才能讓人聽見的音量說：

「……劉雪紀。」

昕遙在表單上寫下她的名字後，智桃又接著問：

「班級、還有參加的社團是什麼？」

名叫雪紀的少女，就像一隻受傷的小鳥似地縮著身體，再次用極小的音量回答：

「……二年A班，沒有社團。」

在昕遙持續抄寫著委託人資料時，我湊到巨大少女身邊並好奇地問：

「A班？」

昕遙對著我解釋道：

「在一到三年級中，都分別會有一個資優A班喔。

而資優班學生絕大部分，都是用獎學金挖腳而來的超級資優生。

由於是學校的升學主力，所以他們是沒有任何社團活動的。」

我騷了騷臉說：

「嗯，現在才想起來，曾經在入學手冊上有看過所謂A班的訊息，但以我的成績來說，離A班的門檻太遙遠，所以就被我忽略了。」

智桃瞥了我和昕遙一眼後，接著繼續對名叫雪紀的少女發出提問：

「那麼，妳有什麼事情想委託我們呢？」

陰沉少女搓了搓手，臉上露出哀傷的神情，並怯怯地說：

「……我弄丟了錢包。」

聽到這句話，智桃微微瞇起了眼睛問：

「可以說得詳細一點嗎？遺失的時間、地點以及事發的經過，所有妳能想得到的細節，請都要清楚描述一次。」

聽見小不點少女這麼問後，名叫雪紀的女性雖然表面上畏畏縮縮，卻相對認真地說明了起來：

「……是這樣的，今天下午的第一堂課，表面上是我們的體育課，但一般來說資優班的體育課，都會在教室裡自修，或是進行考後複習。

可是今天，剛好有教育部人員，來學校作考察，因此得實際操課。

但在上完體育課後，回到教室的我發現，原本放在書包內袋裡的錢包，就這樣不見了。」

智桃雙手環抱在胸前，詢問：

「妳很確定是在上完體育課後，錢包才不見的嗎？」

劉雪紀點了點頭，並伸出自己的右手說道：

「……在午休的時候，我發現制服袖釦鬆掉了，所以用放在錢包裡的簡易縫紉工具，把釦子縫好後，很清楚地放回了書包內袋。」

在她袖子的釦子上，確實有明顯地與白色制服不同的紅色縫線。

「……所以我很確定，是在體育課那段時間不見的。」

智桃思考了一下後，又問：

「妳能描述一下錢包的外型，還有裡面放著哪些東西嗎？」

陰沉少女再次點了點頭，說道：

「……是一個偽皮制的是紅色菱格紋零錢包，大小剛好可以放進制服裙子口袋。裡放著一張公車磁卡，還有我媽媽要我隨身帶著的簡易縫紉工具盒，以及……」

她停頓了好一會兒，閉上掛著黑眼圈的雙眼才接著說：

「……今天用來繳交整套講義費的一萬元整。」

聽見這句話的昕遙，身體明顯地怔了一下。

而智桃也難得地皺起眉頭，露出了為難的神色。

此時昕遙停止手中的紀錄，並站起身子走道陰沉少女身邊，拍了拍對方的肩膀安慰地說：

「那個……雪紀同學，我覺得這件事情，還是交給導師或教官處理比較好，因為這不是弄丟錢包這麼簡單，而是很明顯的偷竊事件了。」

聽到這裡的劉雪紀，身體不安地更縮了起來，極為哀傷地說：

「……可是，如果交給他們處理的話，全班都會……」

只見她遲遲沒有將話說完，我便拖著右手肘，推測地說：

「讓導師或教官來介入偷竊案的話，唯一的做法就是把全班都當成嫌疑犯，然後逐一搜刮大家的書包和身體吧。」

聽見我所說的話，雪紀的眼角滲出了淚珠，點了點頭說：

「……我知道因為自己個性的關係，所以班上同學都不太想跟我交流，可是……其實我根本不喜歡被孤立的感覺。

如果又把大家都當成嫌疑犯來看，那麼同學只會更疏離我而已……我不想再和同學們的距離繼續拉大了。」

智桃嘆了口氣後說：

「就算妳這麼說，在這樣的情況下，要找出犯人幾乎是不可能的，因為誰都有可能——同班同學、別班同學，甚至是校外人士，這簡直是海底撈針，校園竊案就是如此。」

「我知道……我明明知道的。」

雪紀互捏的手指指尖使力至發白，哽咽地說：

「可是……我真的不知道該怎麼辦。不想牽連無辜的同學，也不想讓媽媽辛苦賺來的錢就這麼不見，所以……」

她發出至此最大的音量請求：

「就算我拜託你們，幫幫我吧！」

智桃眉頭微皺，咬著微彎的食指，神情困擾地說：

「這大概是我碰上的委託中最棘手的一件……」

我將視線定睛在小不點少女身上，試探地問：

「那麼妳是要接、還是不接這個委託呢，許智桃學姊？」

智桃沉默了一會兒，才對著眼前的陰沉少女說：

「就算我很想幫助妳，但若不通報這件事情給學校，放棄最佳的搜身時機，而選擇單憑我們的力量，去找出犯人犯人的話……要是我們失敗了，妳就真得再也找不到真兇了。」

聽見她這麼說的雪紀，非常失落地垂下了頭來。

智桃輕輕地閉上了眼睛，老實地說：

「所以我誠心建議，將這件事情告訴導師或教官，是找回那些錢最好的辦法了。」

此時的我，淡淡地說道：

「就和我想得一樣，妳會說出這樣的話。」

回想起智桃瞬間破解兔子學姊的委託——

雖然她能夠以最短的思路來找出事件真相，確實是非常厲害的資質。

但是在這個資質之中，卻也存在著一個重大的缺陷——

「謎題正本上的汙漬，還有這次的委託也是，都是因為妳害怕失敗而不敢嘗試。」

智桃玩味地對著我問：

「聽你這麼說，代表你很有把或可以解決這次的委託囉？」

「不，我也沒有可以解決這個委託的把握。」

聽見我這句話，小不點少女的右眉忽然顫了一下。

但我仍繼續說了下去：

「不過我可以告訴你，我願意嘗試去尋找事件的線索，並努力找出偷竊劉雪紀學姊錢包的犯人。」

「我剛才的話，你難道沒有聽清楚嗎？」

智桃長嘆了口氣，接著說：

「如果真的打算放棄最佳搜身時機，不通報導師或教官，想憑我們的能力來找出犯人的話，要是失敗就真得再也找不到真兇了；然而，這不只是你能不能以扛下失敗的責任這麼簡單，而是整個尋物社誠信的問題了！」

面對她的這番話，我感到不以為然地說：

「如果尋物社只接受有把握的委託，根本就沒有存在的價值，畢竟委託的人委託的對象是我們！要是因為沒把握而拒絕委託，這樣的社團還能講什麼誠信？」

聽見我這句話，智桃的表情頓時僵住了。

「對、對不起，我不希望事情變成這樣……」

雪紀眼角微微滲出淚珠，有些著急地說：

「我會來尋求你們的協助，也是因為我不喜歡學校的作法，把大家都當成嫌疑犯……如果因為這件事情，讓你們吵架的話，我真的很對不起……」

「智桃學姊，尋物社該做的事情是什麼，我想妳應該比我更明白才對。」

小不點少女對此保持著沉默，我則接著說了下去：

「我想，要不要接受委託不應該是由我、或者是身為社團長的妳來決定，而是委託人的希望。所以告訴我們吧，雪紀學姊，妳打從心底究竟是希望將這件事請學校處理，還是尋求我們尋物社的協助？」

「我……」

雪紀捏著指尖道：

「就算是拜託學校處理，也不一定能找到犯人，但委託你們的話……如果你們保證不把大家當成嫌疑犯看，我當然最希望請託你們。」

「妳聽見了吧，智桃學姊，這就是答案。」

我將雙手撐在桌面上，近距離直視著小不點少女說：

「執著、毅力、決心與勇氣，這是彌補妳缺陷的重要關鍵——為了找到寶藏，我絕對會讓妳徹底明白這個道理的！

我們來打個賭吧，許智桃學姊……不，社團長。如果我能找回雪紀學姊的錢包，那麼妳就得允許我用炭筆塗刷謎題正本表面，找出上頭可能隱藏的線索！」

從對方喉頭的變化中，我能清楚知道此時的她吞了口口水。

「既然委託人自己都這麼說了……」

隨後智桃揚起了一抹冷笑說：
「好吧，沒問題，但前提是——」
此刻，那雙天青石色的眼眸變得極為鋒利。
「你必須真的找得到才行。」
我回敬對方一個滿意的笑容。
「就這麼說定了。」
隨後我轉身面向陰沉少女，接著說：
「劉雪紀學姊，妳的委託我們接下了。」
聽到這裡，雪紀的表情糾了一下說：
「……謝謝，真的是太感謝你們了。」
此刻她眼角的淚珠，終於承受不住重量而落了下來。
「我還是第一次，被人主動出手幫忙，真的不知道該怎麼道謝才好……」
「要道謝的話，等到真的抓出犯人的時候再謝吧。」
我自己拉了一張摺疊椅坐下後，將雙手肘支撐在膝蓋上，認真望對著前方的陰沉少女問：
「既然答應接下委託，那麼現在換我發問了——我需要妳將錢包不見的過程，所有可以想到的事情；重要的、不重要的都好，全部都必須說給我聽。」
「……所有能夠想起來的事情，是嗎？」
對方擦去眼角上的淚水，點了點頭後怯怯地說：
「……我知道了。」
隨後她沉默了一會兒，才開始說道：

「……午休結束後，原本下午的第一堂課，是表面上的體育課；實質上的自習課，但今天因為教育部的人員考察，我們被迫上從來沒上過的體育課。

……不過，一般來說下午會排體育課的，就只有資優班而已，因為資優班並不會真的上體育課，而下午的各體育空間及操場，也都被體育類的社團所使用中。

因此當下我們被告知，必須到幾天前剛裝潢結束的『新體操教室』，進行體育課的操課。

……可是轉告消息的學務主任，只說場地今早有請我們班上同學，以及幾位其他班自願的同學打掃過，所以已經可以使用了之後，就匆忙接起忽然響起的手機便這麼離開了。

卻沒有將最重要的事情告訴我們——也就是『新體操教室』在哪裡。

因為是新改建的教室，所以我們二年級，舊版學生手冊裡的樓層編號目錄，是找不到新體操教室的。」

隨著雪紀的說明，昕遙也努力地將這些內容紀錄在表單上。

「嗯……」

我捏著下巴沉思。

此時陰沉少女稍稍抬起頭來，瞥了我一眼，並露出擔心的表情說：

「……對不起，說得太冗長了嗎？雖然我也覺得，敘述這些無關緊要的事，對找出偷錢的人並沒有任何幫助，但為了因應你的要求，所以就……」

看見對方的神色，我用微笑回應對方道：

「我要的就是這麼詳細的說明，請不用在意繼續下去吧。」

雪紀眉頭深鎖地點了點頭，並接著說了下去：

「……由於我們都不知道新體操教室的位置，所以只能到處詢問路過的老師和學生。

雖然知道體育性質的教室，通常都會在體育F樓裡，但我還是花了好一番功夫，才從瑜伽社的社員口中問出，新體操的教室位置是在『F3F4』。

……在我到達上體育課的地點後，發現同學們並還沒有全部到場，先到場的我回想起來大約只有十幾位，而後來的是一些小團體，一個接著一個進入教室的。

在課堂時間過了一大半後，還是剩下最後一名同學沒有到場。

……而代我們體育課的體育老師，因為知道我們是資優班的關係，用人員尚未到期無法操課為由特地放水，讓我們好好休息一堂課。

不過課堂剩下最後十分鐘，最後一名同學終於找到了這裡，我們最終被體育老師要求，圍著新體操教室外圍慢跑直到下課，以此完成實質上的體育操課。

也因為這樣，當時那名同學還被大家罵了一頓……」

說到這裡的雪紀停頓了一下，微抬起頭來看見我仍耐心地聽著後，才又繼續說了下去：

「……體育課結束後，因為大家都是長時間，坐在椅子上念書的資優生，所以包括我在內，大多體力都不太好，因此當下並沒有幾個人，有能力馬上走回教室。

通常都是癱坐在新體操教室裡，過了一段時間體力恢復之後，才起身回到位於教學C樓5樓的教室裡。

……就在我回到教室，想從書包裡拿出紙巾擦汗時，就發現書包內袋拉鍊被打開，裡面的錢包也不見了。」

陰沉少女玩弄著拇指指甲，就像怕自己沒盡到責任似地低垂著頭，怯怯地說：

「……這就是目前為止，我能回想起來的所有事發經過。」

「我大致上明白了，那麼接下來我想問妳幾個問題——」

我豎起食指，指著雪紀的鼻頭問道：

「妳的座位是位於教室裡的哪個位置呢？」

「……我們教室座位有七排、一共有六列，我的座位是在第四排的第三列。」

我思考了一下後說：

「也就是在很中間的位置嘛。那在上體育課時，有任何同學中途離開教室嗎？」

雪紀搖了搖頭，用極小的音量回答：

「……新體操教室的門很大，加上還沒有器材進駐的關係，空間也很寬敞，所以要是有人進出，應該都會被注意到，但我沒有印象，有任何同學在中途離開教室。」

「我瞭解了——那麼妳有任何朋友或是熟人知道，妳今天會帶這麼多錢來學校嗎？」

雪紀垂下了頭，表情哀傷地說：

「……在這個學校裡，和我關係好一點的，頂多只有說上幾句話而已，不算是什麼朋友。不過我想，知道我錢包裡放著一萬元的，大概只有我自己和我媽媽了。」

我疑惑地問：

「妳為什麼這麼肯定呢？」

「……因為我一直以來，錢包裝的錢都不會超過兩百塊，只有在今天才帶了這麼多錢來。而且，我也沒有告訴任何人，今天會帶那麼多錢的事情。

……再加上，今天到體育課之前，我唯一拿出錢包的時機，就只有早上搭公車，以及縫釦子的這兩個時間點，所以應該不會被人看見才對。」

我將這一切訊息，在腦袋裡整理了一下。

「我大致上都明白了，那麼我來分析一下，目前所知道的事情吧——」

隨後站起身子來回走動，以反覆的簡單運動來促使思緒更加清晰，接著道：

「首先，錢包失竊的時間點，是在體育課前後，包含上體育課的這段時間裡。而那段時間中，又能分成三個犯案的時間點——分別為『前往新體操教室時』、『體育課的途中』、以及『體育課下課後』，這三個時間點……」

聽到這裡的智桃，終於忍不住對我提出疑問：

「這樣範圍實在太廣了，一堂課有四十五分鐘，任何人都能夠這充足的時間內完成犯案；或許是其他班級學生，甚至是校外人士所為，這樣的話該從何找起？」

「這時候，就要以『若自己是犯人的話，會怎麼行動』來想了。而我推測，犯人是其他班，或是校外人士的可能性是非常低的。」

我捏著下巴，推測地說：

「因為雪紀學姊的座位，是位於教室的中央。若是隨機尋找目標的竊賊，應該只會倉促翻找位於門口較近的書包才對。畢竟選擇位於教室中央的座位下手，風險實在太高了。」

此時一旁的昕遙好奇地對著我發問：

「那麼有沒有可能是，在雪紀同學在自己沒有察覺的情況下，被人發現了錢包中的巨額，並事先調查了她位於哪班的哪個位置，才進行這次的竊案呢？」

我否認地搖了搖頭說：

「我想這應該不太可能，因為雪紀學姊自己也說了——資優班的體育課，通常都會在教室裡自修，或是進行考後複習。

只是今天剛好有教育部的人員來考察，所以才被迫上從來沒上過的體育課。

既然連本班級的學生都不知道，那堂課會真的得上體育課，那麼外人更不太可能知道才對。」

昕遙眨了眨眼道：

「說得也是呢。」

「不過被人發現錢包中有巨額的事情，倒是有可能的——」

我將視線轉向陰沉少女，接著問：

「雪紀學姊，妳說過在體育課前，曾經縫紉過自己的袖扣吧？而妳也說『縫好後，才將錢包放入書包內袋』，那麼也就表示在縫紉的過程中，妳是將錢包放在桌子上的，沒錯吧？」

對方點了點頭回答：

「……是的。」

「所以我推測，犯人應該是在那個時候，發現妳錢包中擁有鉅款，也確認了錢包的位置，才會有信心對著位於中央座位，妳的座位下手。因此犯人是妳們班上的同學，可能性是最大的。」

我支撐著右手肘，右手則豎起食指、中指與無名指，接著解釋：

「所以，若以此作為根據的話，加上妳說在體育課時，並沒有人中途離開教室，那麼犯人犯案的時間點以及嫌疑犯，就能將『體育課中』，和『其他班級學生』以及『校外人士』，這三項可能性給排除了。」

聽到這裡，昕遙露出了崇拜的表情，佩服地說：

「好厲害——光憑這些就排除了那麼大的範圍！那麼犯人犯罪的時間點，就是『前往體育課時』，以及『體育課下課時』這兩段時間囉？」

此時沉默許久的智桃，忽然說出了自己的推論：

「不對，體育課下課後犯案，我認為是不可能的，因為要是一下課，馬上就跑回教室裡犯案，到時竊案曝光就會立刻被人給懷疑的。」

我捏著下巴，點了點頭回應：

「智桃學姊說得沒錯，下課後犯案是個非常愚蠢的行為，而犯人根本不知道、也無法確認哪時候會有人回來……」

智桃露出了忽然想到什麼的表情，打斷我的話說：

「不過相反地，最後離開教室的，就能確認所有同學都離開了。」

我認同智桃的論點道：

「下課時，無法預測同學哪時候回來；但是離開時，就能確保所有同學已經離開了。因此竊賊犯案的時間，一定是在大家前往新體操教室的時候。」

「那麼犯人，就是最後一個離開教室的人囉！」

昕遙就像接近終點線般，興奮地高呼了一聲，但隨後又想到一個問題而低落地說：

「呃……可是要怎麼知道，誰是最後一個離開的人呢？畢竟是最後一個離開，那麼也不會有更後面的人，看見是誰最後一個離開教室了。」

「……那個，我知道是誰。」

雪紀眼神飄忽不定地說：

「……可是，因為還沒有證據，證明他就是犯人，基於這個原因，所以我不想說出他的名字，只能告訴你們他姓謝——叫謝同學。他是最後一個到達新體操教室的，所以應該也是最後離開的人。」

我思考了一會兒，不贊同地說：

「我認為那個謝同學並不是犯人。」

昕遙偏了偏頭，不解地問：

「為什麼呢？在雪紀同學剛才的敘述裡提到，最後到達新體操教室的人，是在課堂剩下最後十分鐘的時候呢，他的行徑太可疑了！」

「最後一個到達，並非等同於最後一個離開教室──」

智桃替我解釋道：

「因為雪紀同學說過，新體操教室是新改建的教室，在二年級之前的舊版學生手冊地圖上，是找不到新體操教室的。

由於不少人都不知道新體操教室的位置，造成每個同學到達的時間，都有很大的差異。」

我點點頭認同小不點少女的說法，接著說下去：

「一點也沒錯，所以竊賊在完成犯案後，依然比某些學生還早到達的可能性是存在的。

而我想竊賊甚至也預料到，大部分的同學都不知道新體操教室的位置，進而利用了這點，打算將罪行歸咎在，最後一個進入新體操教室的人身上吧。」

聽到這些話的昕遙，露出了有些氣憤的表情說：

「真是過份呢……」

但相較之下，智桃卻露出了找到關鍵點的笑容說：

「不過這點卻反而成為了竊賊的破綻──」

我同樣也揚起了嘴角，點了點頭說：

「是的，因為要達到這個條件，勢必得『一開始就知道新體操教室在哪裡』才行，不然犯人要怎麼確保，自己不是最後一個到達新體操教室的人呢？」

昕遙恍然大悟地說：

「原來是這樣！所以偷走雪紀同學錢包的犯人，一定是剛開始就知道新體操教室位置的同學──這樣範圍又大大縮減了！那麼犯人就是當時毫不猶豫，往新體操教室前進的同學了吧？」

我又搖了搖頭，回答：
「不，我想那些人也不是犯人。」
昕遙失望地喃喃：
「為什麼呢？他們不是很可疑嗎？」
我解釋道：
「他們或許是屬於『知道新體操教室位置』的人，但不符合『最後一個離開教室』的人。因為既然都被人看見了往哪個方向走，表示對方並不是最後一個離開教室的。」
對方愣了一下後說：
「對喔……也是。」
我捏著下巴，思考著說：
「所以，幾個剛開始就知道新體操教室位置，並直接走向那個方向的同學，並不值得懷疑。」
此時智桃說出了最後的關鍵點：
「不過這麼一來，也就無法確認除了他們以外，還有誰一開始就知道新體操教室在哪了吧？」
看見身為在場當事人的雪紀，對此說不出任何線索，以及陷入沉思不發一語的我，智桃因此而失望地嘆了口氣說：
「看來還是陷入死胡同了呢。」
在我腦海幾近完成的拼圖上，確實少了一塊最重要的部分。
不過我知道如何找出那最後的一塊拼圖——
「為了接下來的進展，我必須在二年A班的全班同學面前，進行推理才行。」
聽到這句話的雪紀，臉色鐵青地說：

「……這樣的話，不就和把大家，都當成嫌疑犯一樣了嗎……」

我對雪紀露出了充滿自信的笑容說：

「放心，我不會說出這次的委託人是妳、也不會說出竊案的訊息、更不會毫無緣由地就把大家都當成嫌疑犯。」

在我完成最後一個步驟之前，還沒辦法告訴妳完整推理，也只能請妳相信我了。」

雪紀躊躇了一會兒，最後還是點了點頭答應了。

得到許可之後，我將視線轉向一旁的小不點少女說：

「然後，智桃學姊，這次的推理我需要妳的幫忙。」

智桃揚起眉毛問：

「首先我想知道，你覺得自己對於這次的委託，能夠找出犯人的機率是多少呢？」

「百分之五十左右吧——昕遙學姊，能不能夠拿一張白紙給我呢？」

「好的！」

昕遙從書櫃下方的櫃子裡，拿出了一張空白的A4道林紙。

拿到白紙之後，我在紙張上寫下了一些文字，接著遞給了小不點少女說：

「到時候，我希望妳可以照著這張紙上面的流程，對雪紀學姊的同學提出上面的問題。」

智桃看了一會兒，先是怔了一下後，露出了極為佩服的笑容道：

「百分之五十是嗎……你好像有點太謙虛了。」

我以一聲淡笑回應對方。

湊到一旁看的昕遙，卻不像智桃一樣，能夠馬上理解紙張內容上的用意，而露出了疑惑的表情。

此時，我把視線轉移至陰沉少女的身上說：

「至於雪紀學姊，妳先回到教室，我們會在下節課上課時到你們班上的。」

對方怯怯地點了點頭回應：

「……我知道了。」

隨後，我又將視線移回智桃與昕遙兩人，接著說：

「而智桃學姊跟昕遙學姊，妳們兩人先到二年A班教室外等我，在那之前我必須得先到某個地方辦點事情才行。」

「沒問題！」

昕遙率先回應我，而智桃則是閉上雙眼，看不出此刻的心情。

## 02

下午第二節課的上課鐘聲響起——

離開學務處的我，看了看學生手冊上的樓層編號目錄，找到二年A班位置後，來到教學C樓五樓的第一間教室。

在教室外，昕遙和智桃兩人，已經在這裡等我了。

「不好意思讓妳們久等了，那麼我們進去吧。」

說完，看見巨大少女，以及小不點少女都點了點頭後，我便率先踏入了二年A班的教室。

一踏上講台，幾乎所有學生都抬起頭來，露出困惑的表情看著我。

只有位於第四排第三列座位上，知道我們目地的劉雪紀，一臉不安地低垂著頭。

與此同時，我在雪紀的右後方位置上，看見了我的目標。

但我很快地就移開了視線，對著全班保持著禮貌說：

「各位學長姊們大家好，我是尋物社社員，一年甲班的張尋樂。」

隨後我瞥了一眼旁邊的兩位少女，昕遙也禮貌地鞠了個躬道：

「我是尋物社助手，二年丙班的楊昕遙。」

最後智桃走到講台後方，從裡面拉出了一張高腳蹬，並「跳」坐在上面後說：

「很抱歉在這個時候打擾各位的時間，我是社團長三年乙班的許智桃。」

聽到這裡的二年級學長姊們，全都詫異地議論紛紛了起來——

「尋物社……不就是那個傳說中的偵探社團嗎？」

「是許智桃學姊耶！長得好漂亮喔！」

「就跟傳聞中一樣小，身高和胸部都是，我果然還是昕遙派的。」

「你在說什麼東西，小心別被聽見了，許智桃可是……」

——我想得果然沒錯。

智桃是尋物社社團長，再加上是桃壢會大姊頭女兒的這兩種身分，絕對是校園中無人不知、無人不曉的風雲人物。

這樣的特質，絕對會吸引全班人的目光和興趣，這正是我所需要的。

「我們社團收到了一份委託，而為了完成那個委託，必須向各位詢問一些事情才行，希望大家可以配合。」

我說完後，走到小不點少女身邊，拍了拍對方的肩膀，小聲地說：

「那麼智桃學姊，就交給妳了。如果是由我來發問的話，大家應該會不太想搭理我。」

智桃露出了無所謂的笑容說：

「你這小子，竟然敢利用我。不過為了完成委託，就勉強饒你一次。」

我用一抹微笑回應對方後，智桃拿出了我剛才給她的紙張。

接著那雙天青石的眼眸，掃視了內容一會兒後說：

「我要問的事情很簡單，只需要大家老實回答我就可以了。」

智桃抬起頭來，對著底下的學生們發出了詢問：

「在你們上一堂體育課之前，就知道新體操教室位置在哪的人，請從位子上站起來。」

此時一共有一名學姊，以及兩名學長站起身子。

小不點少女的視線，最先轉到唯一的女性身上，接著問：

「請問妳叫什麼名字呢？」

被智桃盯著看的學姊，雙頰微微泛紅，有些害羞地說：

「我……我叫文宜晴。」

「那麼宜晴學妹，妳是怎麼知道新體操教室的位置呢？」

名叫文宜晴的少女望著天花板，回想了一下後說：

「嗯……我國中時期的好姊妹就是體操社的，之前就有聽她時常提到，體育F樓3樓的排球教室之2，因為排球社社員逐年減少，所以被改建成了新體操教室，也因為這樣才會知道的。」

智桃又丟出了一個問題：

「那麼在今天的體育課之前，妳有去過新體操教室裡面嗎？」

對方搖了搖頭回答：

「沒有呢，今天是第一次。」

「我明白了。那麼再來是……」

智桃將視線轉到其中一名男學生身上，接著又問：

「請問你叫什麼名字呢？」
對方推了推黑框眼睛，回答：
「我叫戴祥瑞。」
「請問你是怎麼知道新體操教室的位置呢？」
名叫祥瑞的學長，輕輕地將右手放在胸前，優雅地說：
「我是個很注重方向的人，由於父親是憲兵的關係，從小就被教育必須牢記發生災難時的逃生方向，為了應變任何突發狀況，我牢記每棟樓的路線與設施，所以當然也知道有新體操教室的存在。」
「那麼在今天的體育課之前，你有去過新體操教室裡面嗎？」
「並沒有，為了維持資優生的這份榮耀，我沒有太多的時間確認每個設施的細節。」
智桃點了點頭說：
「我明白了，那麼最後——」
她將視線停在最後一位男學生身上，接著問：
「請問你叫什麼名字呢？」
對方雙手插在腰上，有些不耐煩地說：
「卓志聖。」
「志聖同學，請問你是怎麼知道新體操教室的位置呢？」
對方似乎有點不悅地回答：
「我討厭在福利社人擠人，所以口渴都會到體育F樓的自動販賣機買飲料——難道妳不覺得很不公平嗎，學姊？
竟然只有體育F樓有裝設自動販賣機，當我們都不是人就對了？最近還把放在一樓的販賣機，移到三樓去了！做出這個決策的人腦袋到底在想些什麼啊？

不過就是這樣，所以我才知道三樓有間新體操教室就是了。」

智桃將大腿交疊，淡淡地說：

「你應該向學校抱怨這件事情，而不是對我。」

名叫卓志聖的學長聳了聳肩說：

「不好意思，只是一說到就覺得不爽。」

智桃揚起眉毛，接著問：

「那麼在今天的體育課之前，你有去過新體操教室裡面嗎？」

對方攤了攤手回答：

「沒有，一個沒有社團活動可言的資優班學生，有事沒事到體操教室幹嘛？」

聽到這裡的我，腦中最後一塊拼圖中於拼上了。

接著出面對三位學長姊說：

「感謝學長姊們的配合，我已經得到了需要的情報，可以請坐了。」

當他們都坐回位子上後，我將視線看向教室中央的兩個人，接著說：

「另外劉雪紀學姊，我有事情想找妳，可不可以跟著我過來呢？」

被叫到名字的陰沉少女，表情哀傷地點了點頭回應。

隨後我又接著喊出了一個名字：

「還有坐在她右後方的『王世傑』學長——」

被叫到名字的男學生，雙肩猛地顫了一下。

「你是否也可以一起過來呢？我們也有重要的事情想跟你談一談。」

聽見我這句話，對方的臉色頓時變得鐵青。

## 03

我與巨大少女，和小不點少女，以及雪紀學姊和王世傑學長等人，來到教學C樓的頂樓上。

這裡除了我們以外，就沒有其他人了。

也因為這樣，我才能放心地對著名叫王世傑的男性說：

「我想我們找你出來有什麼事情，你自己大概心裡有數了吧，王世傑學長？」

對方臉上滲出了冷汗。

我走到頂樓的邊緣，並將背依在鐵網圍欄上說：

「不過請你放心，只要你把雪紀學姊重要的錢包和講義費還給她，我就不會通報校方這件事的。」

聽到這裡的陰沉少女，露出了極為哀傷且不敢相信的表情說：

「……世傑同學……」

名叫世傑的男性沉默了一會兒，才鼓起勇氣問：

「你們，是怎麼知道的？」

「我想也是，既然要指認你為偷竊雪紀學姊錢包的犯人，就必須有所根據才行，那麼我就簡單地說明整件事情的過程吧——」

我將事情的全貌從頭說起：

「二年A班，今天下午第一堂課是體育課。但是資優班通常會將體育課，來拿當作自習或是考後複習來用。不過，因為今天教育部人員，正好到學校考察的關係，因此你們班被迫正常操課才行。」

我捏起下巴，將思緒轉化為語言，接著道：

「然而，轉達這件事情的學務主任，卻只說場地今早有請班上同學，以及幾位其他班自願的同學打掃過，所以已經可以使用了之後，就匆忙接起響起的手機便這麼離開了。」

隨後說到重點時，我稍微加重了語氣：

「可是，卻沒有將最重要的事情告訴你們；也就是新體操教室所在位置。」

當我說到這裡時，王世傑的表情變得稍微不自然。

我停頓了一下後，繼續說了下去：

「由於是新改建的教室，所以二年級舊版的學生手冊，樓層編號目錄上是找不到新體操教室的，因此你們班上大多數人，都不知道新體操教室在什麼地方。

不過仍有少部分的人，知道新體操教室的位置，而他們的理由很有多種，但是卻缺少了一種理所當然應該要有的理由，那就是——」

我將視線轉向王世傑，說道：

「今早打掃新體育教室的這個理由。」

說到這裡，昕遙和雪紀都露出了恍然大悟的表情。

我微微揚起嘴角，接著說：

「關鍵就在於，學務主任的那句話——『場地今早有請班上同學，以及幾位其他班自願的同學打掃過，所以已經可以使用了』。

因此照理來說，當時我拜託智桃學姊，對著二年A班同學所的問題：

『上一堂體育課之前，就知道新體操教室位置在哪的人，請從位子上站起來』這個問題時——

從位置上站起來的人當中，對於『是怎麼知道新體操教室的位置』，以及『在今天的體育課之前，有沒有去過新體操教室』這兩個問題，最應該要有的回答是——」

我直視著王世傑，接著微微瞇起眼睛道：

「今天早上打掃過新體育教室這個理由才對。」

隨後我閉上眼睛，搖了搖頭說：

「但事實上卻沒有。」

我退離了鐵網圍欄，來回走動地說：

「由此可知，今早打掃新體育教室的人，並不想讓我們知道他在體育課之前，就知道新體操教室的位置。

理由是什麼很簡單，因為他犯下了一件偷竊案，而且是以『事先就知道新體操教室位置』這個優勢來犯案的。」

我環起胳臂，接著道：

「我剛才在到達二年A班教室之前，曾詢問學務主任，今早打掃新體操教室的人員名字。

而當時打掃的人當中，王世傑學長——在這個班級上，只有你的名字從學務主任的口中被說出來。」

隨後我豎起食指，指著前方的王學長說：

「而我也從主任口中確認，當時這個班只有你因為是掛名的體育股長，而和其他班的體育股長一同前往新體育教室打掃，不過你卻選擇隱瞞這個事實。再加上，你的座位又正好坐在雪紀學姊著右後方，我想這一切都不是巧合。」

此時的王世傑早已滿身冷汗，但我仍繼續說了下去：

「在雪紀學姊錢包失竊之前，曾經因為縫過制服袖扣，將放在錢包中的縫紉工具給拿出來，在縫好了之後才將錢包收回書包內袋。

坐在那個位置的你，應該能夠很清楚地發現，她的錢包中放著一大筆錢吧。

這些巧合，促成你犯下了這次竊案的動機——」

我依著後方的鐵絲網，接著道：

「下午第一節課，當大家知道得實際上體育課，而前往不知位於哪裡的新體操教室時，你選擇等待所有人都走光後，偷走了位於雪紀學姊書包內袋的錢包。

接著，你又利用早就知道新體操位置的這個優勢，迅速趕到現場，並打算將罪行歸咎在最後一個到操課地點的人。

因為如果竊案曝光，人們最先懷疑的，一定是最後一個到達新體育教室的人。」

我再次揚起微笑說：

「不過這點，卻反而成為了你的破綻——」

對方露出了覺悟的表情，並後悔地垂下了頭。

「因為這樣的你，是不會承認自己剛開始，就知道新體操教室位置的。

但也因為這樣，我才能把這『與眾不同』的你給過濾出來——

由於雪紀學姊，並不想把大家都當成嫌疑犯來看，所以除了我們以外，並沒有向人任何人說出自己錢包被偷的事情——沒錯吧，雪紀學姊？」

陰沉少女眼角泛出淚光，淡淡地點了點頭回應：

「……嗯。」

獲得證明後，我將推理的最後高潮一次講明：

「由於班上並沒有人知道這件事，那麼除了雪紀學姊自己之外，就只剩下犯人本身才會知道這件事情；也因為如此，只有犯人才會對此產生警戒心。

所以我們才會問——『在上節體育課之前，誰已經知道新體操教室的位置』這個問題，就是為了釣出你的警戒心，而打算隱瞞曾打掃過新體操教室的事實。

引誘出你的警戒心後，再反過來利用你的警戒心，並抓出你的破綻，到了最後，這一切便豁然開朗，因此──」

我走到的低垂著頭、一直沉默不語的男性面前，義正詞嚴地宣示：

「你就是偷走劉雪紀學姊錢包的犯人，王世傑學長。」

一陣風忽然吹來，拂起在場所有人的衣物與髮絲。

空間頓時陷入了一陣沉默。

過了一段時間，王世傑才露出到此為止的笑容，低喃：

「尋物社……你們的能力，果然和傳聞中一樣厲害呢……」

他緩緩地抬起頭來，一臉哀傷的表情卻對著我微笑，接著說：

「如果……你在詢問誰已經知道新體操教室位置的時候，我也站起來的話，你是不是就抓不到我了呢？」

我環起胳臂，迎刃有餘地回應對方的問題：

「即使如此，你仍然也符合了『知道新體操教室的位置』，以及坐在當雪紀學姊在縫袖扣時，『看得見她錢包裡面現金的位置』這兩個重要關鍵。」

對方閉起了雙眼，接著問：

「在那個情況下，要是我一直不承認犯案，你們不就也沒證據指控我是犯人了嗎？」

「這倒也是，畢竟……」

此時，我豎起食指道：

「一個高中的小竊案，並不會拿書包去驗內袋上，有誰的指紋吧？」

「呵，這句話的另一面，不就代表著雪紀的書包內袋，殘留著我的指紋嗎……」

隨後，對方覺悟地笑說：

「沒錯，偷走劉雪紀錢包的人就是我。」

聽見這個坦白，雪紀的臉忽然糾了一下，淚光在眼角中打轉，哽咽地問：

「……世傑同學……你為什麼，要做出這種事呢……」

「因為我贏不了妳，雪紀。但是這次的期末考，我非贏不可……」

王世傑用百感交集的眼神，望著劉雪紀說：

「一直以來，妳都是班上第一名的資優生，一直拿到學校提供的資優獎學金的人也是妳。雖然我本來，並沒有特別想贏妳，也沒有特別想要那些錢，可是這次……我非常需要那筆錢！」

說到後面，他一個大男人忽然抓住胸膛，悲痛地哭了起來：

「我母親因為工作上的意外……被灼燒至全身百分之六十的二度燒傷，亟需重建與復健手術……但我是單親家庭，根本沒有另外的收入來源……手術費根本不是我和母親倆人負擔得了的，所以……」

王世傑難過地跪了下來，痛哭：

「對不起……雪紀，對不起……其實我原本打算，等到今天購買講義的最後期限結束，再偷偷地把錢和錢包原封不動還給妳的……

我真正的目的，就只有讓妳買不到講義，並在這次的期末考贏過妳，僅此而已……」

看見這個景象的雪紀，不知所措地捧著胸口，落下不知道是慌張還是同情的淚水。

而一旁的昕遙，也露出難過的表情，不敢直視那大哭的男人而望著地面。

我也只是默默地站在一旁不發一語，因為這已經不是我所能插手的範圍了。

「不管有什麼裡由，用傷害一個人來藉此幫助一個人，這樣的行為也是不對的。」

此時，只有智桃站出來說話：

「你說你的目的，是為了讓雪紀買不到講義，這樣的話你偷走的並不只僅僅是錢而已，還偷走了她購買講義的權益，這已經不是金錢可以衡量的損失了。」

王世傑跪在地面上，弓著身體大哭著說：

「……對不起、對不起，雪紀！我是真的，不知道該怎麼辦……我在最無力的時候，看到妳錢包的當下，才會用這種方式……對不起……」

哭了好一陣子，稍微平復一點心情後，他才坦承道：

「為了不會被搜身搜到，所以我把錢包用紙袋包起來，藏在體育F樓三樓的自動販賣機底下……我保證，裡面半毛錢都不會少。」

隨後，他又慚愧地垂下了頭說：

「我也不奢望妳可以原諒我……畢竟，我偷走妳的錢，並且要害妳買不到講義是事實。」

「我……」

雪紀看見王世傑現在的樣子而感到不知所措，隨後對著我們頭來求助的眼神說：

「現在……該怎麼辦……」

此時，智桃單手插在腰間，另一隻手指間捲著髮尾說：

「我們尋物社的工作，就只是替委託人找到遺失的東西而已。至於要怎麼處置犯人，應該是身為受害者的妳來決定。」

過了一會兒，雪紀才緩緩走到對方面前，並壓著裙子蹲了下來，隨後一隻手撫著他的肩膀，輕柔地喚了一聲：

「……世傑同學。」

王世傑仍啜著泣，掛著淚水抬起頭來，極為愧疚地看著眼前的少女。

「當我發現自己的錢不見的時候，我真得很著急、很難過，我真的不希望，還有任何人跟我一樣擁有相同的遭遇……」

聽見這句話，王世傑又極為慚愧地低下頭來。

此時雪紀像是在安慰對方般，拍了拍肩膀說：

「但是現在的我才知道，也有像尋物社這樣的一群人，在幫忙化解別人的著急與悲傷。即使是對他們來說，是一件非常困難的事情，還是努力嘗試解決這個艱難的問題，這讓我領悟了一件非常重要的事情。」

雪紀露出了我從未從她臉上看過的溫暖笑容，接著說：

「從困難中成長；從錯誤中學習，這不正是身為學生的我們該做的事情嗎？」

聽到這句話，好不容易平復些的王世傑，又再次糾起臉哭了起來。

雪紀緩緩地撫著對方的背，安撫地說道：

「因為一時犯了錯，就受到所有人的異樣眼光，一輩子都背著惡人的牌子，對一個還是學生的我們來說，都太過於沉重了。

對我來說，最重要的不是能夠給予你多重的懲罰，而是能不能在這件事情中學到教訓。」

王世傑緊緊抓起眼前少女的手，斷斷續續地說：

「對不起……真的很對不起，雪紀……還有尋物社……也謝謝你們，沒有在全班面前指認我的罪行……非常對不起，給你們添麻煩了……」

此時，智桃面無表情地環著胳臂，走到我面前側身對著我說：

「你們還愣在那裡做什麼呢？昕遙、雪紀，還有尋樂學弟。」

隨後她的視線看向我，接著舉起右手，用像敲門的方式般敲了一下我的胸膛，接著邊往頂樓樓梯入口的方向走去，邊說：

「直到真的找到遺失物，才算委託完成，我們還有最後一件事情要做呢。」

## 04

體育F樓三樓，位於樓梯旁的的飲料販賣機前——

小不點少女先是蹲了下來，用手掃了掃販賣機下方間隙邊緣，貌似碰到了什麼物體，而從底下發出了牛皮紙張摩擦地面的聲音。

但那陣聲音，聽起來像是往更裡面滑去似地。

此時智桃站了起來，轉身對著我說：

「我摸到紙袋的邊緣，不過好像被我推進去，如果不趴下來的話是拿不出來的。」

我露出無奈的表情，回望小不點少女說：

「那妳就趴下把它給拿出來啊？」

對方揚起眉毛，單手挑起一邊裙角說：

「好歹替我著想一下吧，女性的白色制服很容易髒的，而且在場只有你穿著黑色的男性制服，所以趴下去的最佳人選就只有你一個了。」

我有些不悅地回應：

「……那妳有替我著想嗎？」

對方無視我的抱怨，退離飲料販賣機說：

「交給你了。」

即使覺得不滿，我也只能無奈地嘆了口氣，將身體以伏地挺身的姿勢，把視線往販賣機的底部看去。

果然在裡面約二十公分的深處，看見了一個裹著牛皮紙外衣的長方形物體。

我用右手手肘支撐身體，避免衣物碰觸地面而弄髒，接著將左手伸進了販賣機底部。

底部隙縫的大小，只剛好能讓我的手伸進去而已，而在抓住裡面的物體時，拱起的手也因此碰觸到骯髒的機器底部上方，讓我感到非常不舒服。

將牛皮紙袋拉出來後，左手下臂以下都染上了一層黑色的塵埃，但我暫時忍受這點將紙袋打開後，看見裡面確實裝著一個紅色菱格紋的零錢包。

我將紙袋開口面向一旁的陰沉少女說：

「我不想弄髒妳的手，自己把它拿出來吧。」

對方怯怯地點了點頭，露出有些不好意思的表情，將紙袋裡的錢包給拿了出來。

接著，她將錢包拉鍊拉開，從裡面露出厚厚的一疊千元大鈔。

雪紀數了數後，露出了淡淡的笑容說：

「世傑同學沒有說謊，裡面一毛錢也沒有少，我的公車磁卡和簡易縫紉工具也都還在。」

聽到這裡的智桃和昕遙，就像放下了心中的一塊大石般，露出了滿意的微笑。

「那麼，委託順利完成了！」

昕遙將手中夾在板夾上的表單和筆，遞給了雪紀說：

「請在委託記錄書上簽下妳的名字，證明已經找到遺失的東西吧！」

後者自己的錢包收進了裙子口袋，點了點頭笑著回應：

「好的，沒問題。」

她接下板夾後，在紙上寫下了自己的名字。

「其實我根本不認為能夠把錢包找回來，只是因為無助、不知道該怎麼辦的心情，才會找上傳聞中的尋物社，結果你們真得很厲害。」

雪紀將物品遞回昕遙的手上，露出甜美的笑容，接著說：

「尋物社一直以來，不知到幫助了多少人，想到這裡的我，現在是真的、真的，非常尊敬你們。」

說到這裡的她，有些害羞地垂下了臉說：

「我也不是什麼很會說話的人，所以想對你們說的感謝，也不知道該怎麼表達才好。」

昕遙接下板夾之後，有點慌張地揮了揮右手說：

「用不著說到這種地步，這本來就是我們應該做的！」

「反到是我，要和妳說聲抱歉。」

此時，智桃走到雪紀的身邊說：

「只要任何人有需求，都應該給予協助，這是我們尋物社存在的理由與初衷，是學長姐們傳承下來的精神。」

她露出有些愧疚的神情說：

「可是我卻太過於理性，寧願讓導師或教官進行搜身，也不敢接下可能會失敗的委託。」

隨後，智桃用手敲了敲販賣機表面，接著說：

「但以結果來看，如果當時真的這麼做，那麼根本找不到早就被藏在這台販賣機底下的錢包了。」

此時的我，走到小不點少女的身邊，拍了拍對方的頭說：

「反正結局是好的，又何必在乎這些呢？」

頭頂上放著我右手的智桃，抬起頭來看著我，皺著右眉地說：

「張尋樂學弟，你可別太得意忘形了。」

我用一抹壞笑回應對方，接著將背依在販賣機上說：
「還有，劉雪紀學姊。」
聽見我的呼喚，綠髮少女那雙掛著黑眼圈的眼睛，疑惑地望向了我。
「妳說話的時候，已經不會像呢喃一樣，令人聽不太清楚了呢。」
此時，雪紀對我投來一抹溫暖的笑容，說道：
「不畏懼挑戰，即使有可能會失敗，也勇敢面對問題，因為若是不嘗試，那麼就永遠沒有成功的機會——這是你教會我這件事情的。」
她從另一邊裙子口袋裡，拿出了一張粉紅色的手帕，並扶起我的左手，替我擦去上頭的汙漬。
我微微睜大了雙眼。
因為這完全不像是這名陰沉少女，原本可能會做的舉動。
「既然害怕被人孤立，那麼我就應該努力，改變自己畏畏縮縮的個性。」
將我的手給清潔完了之後，雪紀再次抬起頭來對著我微笑說：
「而若什麼都不去改變，那麼就只能永遠保持現狀。」
雖然她雙眼上掛著濃濃的黑眼圈，而讓人聯想到陰沉的性格。
但也因為這樣，臉上的那抹笑容顯得更加耀眼——
「謝謝你們讓我明白了這些，尋物社的大家。」

## —05—

〈那些自己也無法看見的特質〉

謝謝妳，昕遙學姊，和妳聊天讓我明白了很多事。

妳真的是一個很棒的學姊，我打從心底這麼認為。

事情圓滿結束後，和劉雪紀道別的我們，回到了尋物社社辦。

最先進入社辦的智桃，在書桌前面停了下來，背對著我說：

「我話先說在前頭，尋樂學弟——『一言既出駟馬難追』，我的家庭一向是這麼教育我的。」

此時她回頭看向我，接著說：

「所以只要作為社團長，我就絕對不會讓任何人，在重要的謎題正本上塗刷炭筆跡這點，是絕對不會讓步的。」

聽到這些話，心中湧出不滿想出口反駁的瞬間，又被智桃的話給打住了：

「但是相對地，既然答應了你的賭局，我也應該信守承諾才行。」

智桃將放在桌面上的謎題正本，小心翼翼地拿在手上，接著轉身遞到了我的面前說：

「這次的賭注是你贏了，張尋樂。」

此時的我，忽然明白了一件事——

「王世傑學長的目的，是為了讓雪紀買不到講義，這樣的話你偷走的並不只僅僅是錢而已，還偷走了她購買講義的權益，這已經不是金錢可以衡量的損失了——剛才在屋頂上時，妳有這麼說過吧？」

隨後不禁露出一抹淡笑，接著說：

「如果因為妳的恐懼，而不使用炭筆刷筆痕，妳也無法保證未來的學弟妹們不會這麼做。如果到時，學弟妹真的以此找出了什麼蛛絲馬跡，那麼我們不僅錯過了重大的線索，還失去了找出寶藏的機會——

同樣地，這就不是擔不擔得起責任的問題了。」

智桃淡笑了幾聲說：

「原本在你雙眼中看見的，只是單純的慾望；但那單純的慾望，實際上卻是由執著、毅力、決心與勇氣所交織而成。

雖然不認為自己的能力在你之下，但你之所以可以超越現在的我，大概就是因為擁有這些特質吧……謝謝你，讓我理解了『N』學姊所要傳達的心情。」

她將手中的謎題正本輕輕地上下晃了幾下，接著說：

「所以作為社團長，我有責任將謎題託付給最適合的人選——現在，我將尋物社之所以能夠延續下來的重要核心託付交給你，可別讓我失望了喔，張尋樂。」

我露出認真的表情點了點頭後，接下對方手中的謎題正本。

然而此刻，我從未感受過，一張紙張能如此沉重——

尋物社二十年來的傳承，現在正靜靜地躺在我的手中。

這時，智桃從書桌右側拉出了一個鉛筆盒大小的小抽屜。

「而現在的我，必須向你坦承一件事。」

接著從小抽屜中，拿出了一支將筆頭削鈍的素描筆。

「其實有許多方法，都能夠在不傷害到謎題正本的情況下重現筆跡，例如用來處理古文物的臨拓或濕拓。我之所以在這裡止步，真正害怕的是找到寶藏。」

我無法理解地皺起了眉頭問：

「害怕找到寶藏？」

智桃將手中的素描筆指著我問：

「就像你說的，如果尋物社只接受有把握的委託，這樣的話還有什麼存在的意義？但是尋物社，到底為了什麼而存在？」

我不明所以地回應：

「身為社團長的妳，不應該最清楚嗎？尋找寶藏，然後解決委託，不是嗎？」

此時，智桃瞇起了眼睛，問道：

「你是因為什麼才加入尋物社的？」

聽到這的我，才有點明白她想表達的事情了……

看見陷入沉默的我，智桃接著說了下去：

「謎題為什麼懸宕了二十年，在這其中真的沒有優秀的人有能力解開嗎？

我想或許不是那樣，而是如果解開了所有謎題，挖掘出了所有寶藏，在那之後的尋物社，會變成什麼樣子？

入社條件困難，社團分數取得也很困難，要是又少了寶藏的這個最大招牌，尋物社或許就會這麼消失了也說不定。」

我望著對方手中的素描筆，問道：

「所以這樣真的好嗎，讓我將謎題進行下去？」

智桃露出了理所當然的笑容說：

「我現在就是打算將這支素描筆給你，不就是答案了嗎？」

隨後，她的表情轉為堅定地說：

「我不只要找到寶藏，還要找到第一屆尋物社的學長姐，然後親自詢問這個問題——尋物社存在的真正目的！」

聽見這句話，我也揚起了微笑，並毫不猶豫地將筆接下。

隨後為了確保塗刷過程沒有任何失誤，我走到窗戶前，將謎題正本貼在光滑的玻璃上。

吞了口口水後，我開始小心翼翼地，在老舊脆弱的泛黃紙張右下角的藍色汙漬上，塗刷炭筆跡。

隨著筆跡逐漸蓋過藍色汙漬，一個圖型逐漸浮現了出來——

透過窗戶玻璃的反射，我能看見昕遙和智桃都湊到了我身邊，想看看有什麼結果。

最後，炭筆跡完全覆蓋藍色汙漬，上頭出現了一個圖案——

那是一個十六角星，星形上下左右的角，較其他的角要粗上一些。

而位於星的正右的角上，被畫上了類似時針的箭頭。

另一方面，正下的角下方，則寫著「18」的數字，而數字後面似乎還有數字，但那裡剛好被霉點遮住而看不清楚。

而我貌似在哪裡看過這個圖案，但頓時想不起來——

但智桃快速的思路，馬上就找出圖案的來源：

「正十六角星——是澍澤高中的校徽，代表著往各個專長發展的學生們……如果說校園裡，哪個地方有最明顯的校徽，那一定是……」

說到這裡我才想起來，喊道：

「——校門口一進去，就會看見行政A樓頂樓上，有一個大型時鐘，而那個時鐘上也有一樣的圖案！」

智桃點了點頭後，用食指指尖指著十六角星的下方說：

「這個星形的正右角上，重疊著類似時針的東西，然後正下方的角，下面又寫著『18』這個數字。雖然因為旁邊被霉點蓋住了，但從數字的位置偏左來推斷，後面應該還寫著數字才對。」

為了看得更清楚，我將紙張的位置正對陽光，讓光線透過紙張後瞇起眼睛，仔細地看了一下後，發現「18」後面還有一個中空的橢圓——

「180……應該是『1800』吧！聯想時針、行政A樓時鐘上相同的圖案，以及正下方寫的『18』來推測，應該是『18：00』；也就是下午六點的意思！」

智桃雙手環抱在胸前，思考著說：

「正下方是下午六點，所以這個正十六角星，正右角上的時針所代表的意思，該不會是……」

我似乎找到了某個重大的線索，而起雞皮疙瘩地說：

「下午三點整，行政A樓頂樓的鐘塔，或許會出現什麼關鍵也說不定。」

此時昕遙看了看手腕上的錶，臉色一變，著急地說：

「現在時間是下午兩點五十一分，我們時間不多了，如果錯過了這次，又要等到明天下午三點了喔！」

知道這個事實的智桃，轉身背對著我們說：

「沒時間待在這裡了，我們得在三點之前，到達行政A樓頂樓的鐘塔才行！」

我和昕遙同意地點了點頭後，在小不點少女的帶領之下趕往目的地——

## 02

我們從位於文庫E樓三樓的社辦，來到位於操場對面的行政A樓，又一口氣爬上六樓頂樓。

在推開頂樓樓梯門後，便能看見位於天台前方，還貯立著一層樓高的尖頂鐘塔。

但我因為消耗太多體力，沒辦法馬上前往鐘塔，只能用雙手支撐雙膝，疲憊地大喘著氣等待體力稍微恢復。

隨後趕來的昕遙也大大地哈了口氣，用手抹去額頭上的汗水，吃力地說：

「終於……到了！」

接著，擁有一頭愛麗絲藍的小不點少女，從我和巨大少女之間掠過，筆直地往前方鐘塔門口走去。

看到這個景象的我，不禁佩服了起來。

以智桃的身高，步數應該是我和昕遙的兩倍以上，竟然還能臉不紅氣不喘氣的。

我想起小不點少女，曾在前往地理專科教室時說過的話——

『雖然我又瘦又矮小，而且根本沒什麼力氣，體力也不怎麼好。』

如果這樣叫體力不怎麼好的話，那麼我又算什麼……

此時當智桃已經走到門口前，拉了拉把手後，從門裡卻發出了鎖住的聲音。

她發出不甘心的聲音說：

「可惡，門被上鎖了。」

我對著一旁的昕遙匆忙地問：

「現在的時間是？」

對方看了看手錶，著急地說：

「兩點五十七分！」

我跑向前，快速地觀察鐘塔外型，發現在入口上方有一扇長寬約半公尺的小窗戶。

從外面看來，窗戶似乎沒有鎖，但卻是側推式、只能讓一邊開口打開，寬度不足五十公分，那樣的大小我根本沒辦法過去。

比對了一下智桃的身形後，我說出目前為止可行的方法：

「上面的小窗戶，如果是智桃學姊的話，應該能夠從那鑽進去才對。」

智桃露出困難的表情說：

「那扇窗實在太高了，就算我踩著昕遙的肩膀，大概也還差一公尺左右吧。」
「——那就把三人的身高加在一起！」
我對著後方的巨大少女喊道：
「昕遙學姊，拜託妳了，我聽說過妳是合氣道五段沒錯吧？那麼把我扛在肩上，對妳來說應該辦得到吧？」
「呃……好、好的！」
昕遙先是愣了一下，但似乎是知道我們已經沒有時間猶豫下去，便快速上前在我後方蹲了下來，接著說：
「失禮了，尋樂學弟——」
隨後，我就這麼被昕遙給扛了起來，為了平衡我只能暫時扶住少女的頭頂，實際上感到失禮的人是我才對，但現在不是想這些的時候——
我對著下方的小不點少女伸出右手，低喊：
「好了，爬上來吧，智桃學姊！」
她點了點頭後，先是採住昕遙微彎的膝蓋，往上一蹬後又抓住了我的右手。
接著我將她往上拉起，嬌小的身軀遮住了我的視線。
此時我明顯感受到，位於最下方的巨大少女似乎開始有些搖晃，為了安撫自己的不安，我唯一能做的也只有鼓勵對方：
「再堅持一下，昕遙學姊！」
昕遙非常吃力、並斷斷續續地說：
「我、我沒……問……題……！」

然而這時，從脖子上傳來裙襬的觸感來推測，智桃已經爬到了我的肩膀上。

她努力保持平衡，在我的雙肩上緩緩站立起來，語氣感受得出有些害怕地說：

「你要是敢往上看，我絕對饒不了你。」

我白了一眼說：

「有時間在意這種事情，還不如快點想辦法從這個狀態下解脫！」

就在說完的當下，我聽見窗戶被推開的聲音，沒過一會兒，雙肩上的負擔頓時消失。

但也在智桃爬入窗戶裡的瞬間，白色裙子底下的紅白條紋底褲映入眼簾。

我吞了口口水。

……只要不說誰都不會知道的。

「昕遙學姊，可以放我下來了。」

「……好、好的！」

巨大少女開始緩緩蹲下身體，將我的雙腳放回地面。

而在我踏至地板的同時，門後也傳來輕盈的落地聲，緊接著是門鎖被打開的聲音。

隨後，鐘塔入口就這麼被打了開來。

「進來吧。」

位於門後的智桃探身出來說了一句後，我和昕遙倆人走入了鐘塔內。

但我一進門，腰部忽然傳來一陣肉被用力捏起的痛楚！

差點痛得叫出來的我，猛然往疼痛的來源看去——

小不點少女用一雙死魚眼盯著我看，放下方才捏我腰部的右手後，冷冷地說：

「有得必有失。」

雖然多少知道是怎麼回事，但我現在的感想，除了無法理解她到底是怎麼知道，我看見她的底褲之外……

我到底得到了什麼？

「昕遙，告訴我現在的時間。」

智桃無視我抱不平的眼神，對著身旁的巨大少女問了一句。

後者看了看手上的錶後說：

「兩點五十九分又三十六秒。」

小不點少女點了點頭後，開始抬頭環顧整個鐘塔內部說：

「還有幾秒鐘的時間，仔細觀察環境，隨時注意三點整當下的任何動靜。」

我也抬起頭來看了看周圍，才發現這鐘塔內部實在令人驚訝——

在這麼近的距離看著將進半層樓高的時鐘，能夠感受到一股莫名的壓迫感。

在白色半透明的鐘面後方，架著複雜並持續轉動的齒輪機關，且隱約能看見時鐘外部的十六角星，以及時分針的倒影。

為了找出與謎題有關的線索，我將視線轉向轉動中的齒輪，並觀察彼此環環相扣的機關——

隨著視線越往上看去，連接的齒輪也越來越大。

最後位於鐘塔正上方，掛著一口寬度占據半個鐘塔的巨大黃銅鐘。

而那口銅鐘的角度，開口與牆面幾乎成平行，細觀察是因為其中一面齒輪連結著一個平軸，軸持續轉動緩慢地收束銅鐘上的粗麻繩。

由於麻繩的牽動，黃銅鐘才會呈現那樣的角度。

而看到這個景象的我，忽然發現一件事而猛然睜大雙眼——

我猛然視線往時鐘上的分針看去，與此同時分針也正好跳至整點的位置——

原本已經到達喉頭的警告，卻被智桃更快的思路給搶先提醒：

「昕遙、尋樂，快把耳朵摀起來！」

我趕緊用雙手壓住雙耳，就在下一瞬間，麻繩快速向下放，巨大的銅鐘也從開口與牆面平行的狀態，大幅度地向下擺動——

一陣幾乎能刺穿手掌的巨大鐘聲從上方傳來，我甚至能感受到空間因為這聲音而產生震動。

然而在鐘聲響起的同時，三點整的下課鐘聲，也從四面八方傳入耳中。

銅鐘的震顫持續了一段時間，在聲音不至於刺耳的程度時我才將雙手放下，並詫詫異地說：

「……我記得鐘聲應該是用廣播播放的吧？以這大鐘的音量來說，我不可能沒聽見才對，可是卻沒有印象聽過從這鐘傳出的聲音。」

「因為你是新生，前兩天兩點就放學的關係，所以還不知道吧——」

小不點少女對著我解釋：

「行政A樓鐘塔的鐘聲，只有下午三點整的下課才會響起，在鐘響時廣播會接著播放西敏寺鐘聲。所以下課鐘的第一個音階總共有兩聲，而第一聲就是由這口鐘所發出來的。這是用來提醒社團指導老師，接下來的十五分鐘休息時間。」

我點了點頭表示理解後，捏著下巴思考著說：

「也就是說，只有下午三點過後的這段時間，上面的那口鐘才會將開口面向正下方。所以，謎題線索最有可能存在的地方就是……」

智桃抬頭往正上看，認真地道：

「銅鐘的內側。」

我和昕遙也隨後抬起頭來，往上方銅鐘的開口看去——

發現鐘口內吊槌的表面，是一個太極的圖案。

而鐘的內壁上被刻上幾個字，分別位於八個方位，每一個方位共有兩個字。

我將裡面的字依序念了出來：

「坎水、艮山、震木、巽風、離火、坤地、兌金、乾天……」

「是易經八卦。」

此時智桃舉起右手並豎起食指，接著說：

「你看看文字下方的花紋。」

我瞇起眼睛仔細一看，發現圍繞整口鐘內部的紋路，是由連續的盃形所構成。

而盃的兩側，細看之下就像是兩個面對面的人側臉。

「是魯賓之盃——昕遙，把謎題正本給我看一下！」

「好的，請等我一下。」

巨大少女從隨身包裡，拿出放在夾鏈袋裡的黃色紙張。

我接下謎題正本後，比對謎題中間的黑色線條，以及銅鐘內的盃形紋路。

隨後忽然發現，有幾處的盃紋就好像雕刻失誤一樣，只有半個盃的外型。

看到這裡的我，恍然大悟地說：

「我明白了——謎題上只有一個側臉，如果代表著魯賓之盃，那麼應該也代表著

『半個盃』才對！

剛才算了一下，鐘口內的紋路，總共有三處的盃只有一半——分別為『艮山』、『離火』和『坎水』下方的紋路。」

我舉起手上的謎題正本，對準那三個半盃，接著說：

「我想得果然沒錯——黑色線條旁打叉的位置，剛好能對上其中的字，而對上的字又分別為艮山的『山』、離火的『火』，以及坎水的『水』。」

此時的我百思不解地問：

「山、火、水……這三個字代表什麼意思？」

智桃環著胳臂，露出思考的表情說：

「澍澤高中東方有一座山。至於火，我目前能想到的，只有餐飲類社團所使用的廚房。而水的話，學校裡光是有水的地方就有好幾個，撇開飲水機、廁所、體育相關社團的淋浴間不說……

還有體育F樓地下一樓的室內泳池、文庫E樓後方的生態池、校門入口的噴水池，以及所有大樓頂樓上的水塔。」

聽到這裡的我，臉上滑下一顆汗珠，困擾地皺著眉頭說：

「範圍太廣了，而且我對校園還不瞭解，根本沒有充足的知識去找出謎題目前所指示的方向。」

「我想也是。」

智桃莫名地淡笑了幾聲後，接著說：

「昕遙，把目前的線索，以及銅鐘上的內容紀錄下來，我們回到社辦再好好思考吧，不然這裡實在太悶熱了，會讓大腦活動變得遲鈍的。」

收到指令的巨大少女，將右手放在右眉角，充滿活力地喊道：

「好的！」

## 03

為了找出謎題下一步的方向，我從社辦書架上，找到了一本關於風水占卜的書籍。

卻發現書中部分詞彙，以我目前的程度難以理解，而向昕遙借用了社團用筆電，查詢網路上更白話的解釋。

研究了一段時間後，比對謎題正本，以及昕遙當時在鐘塔上的筆記，雖然理解了一些事情，但仍然沒有明顯的進展。

不知道用掉了多少時間，直到放學的鐘聲響起時，坐在社辦中央書桌上的我，疲憊地伸了個懶腰後，闔上書籍與筆電。

感覺今天的腦力已經消耗殆盡，打算先到只為止。

此時坐在牆邊沙發上的智桃，啜了一口手中瓷杯裡的液體後，將視線從放在大腿上的書籍內容轉向我，並淡淡地問道：

「你有什麼發現嗎，尋樂學弟？」

「有是有，但不是什麼有進展的發現……」

我看了看桌上方才所做的筆記，接著說：

「稍微調查了關於八卦的資料發現，易經共有三種版本，八卦的排列順序也有所不同——

其中『連山易』的版本，是以『艮山』為首，左為『坤地』、右為『離火』，與『兌金』相對。

其二『歸藏易』的版本，以『坤地』為首，左為『艮山』、右為『震木』，與『乾天』相對。

最後『周易』的版本，則是『離火』為首，左為『巽風』、右為『坤地』，與『坎水』相對。」

隨後，我拿起旁邊的昕遙筆紀——

上頭被畫了銅鐘的開口形狀，並以中間的太極吊槌為中心，八個方位刻著的詞，和每個下方的盃狀紋路，都仔細地被記載在這張紙上。

我捏著下巴思考，將我的筆記與昕遙的筆記上的內容交叉比對，接著說：

「以銅鐘內的八種詞彙的排序，若以『離火』為首順時針閱讀的話，則順序是——離火、坤地、兌金、乾天、坎水、艮山、震木、巽風，這是『周易』的八卦順序；由此可知，銅鐘內的八卦是周易八卦。」

此時我無力地將身體依在椅背上，把手中兩張筆記都扔回桌面，隨後望著位於桌上一隅，裝在塑膠夾鏈袋裡的謎題正本說：

「我想最後的關鍵，就是謎題左上方的旭日旗吧——但易經八卦是中國古代的哲學和宇宙觀，與日本毫無關係。

目前雖然解開右下角的十六角星，以及中間線條與打叉的部分的線索，但左上方的旭日旗還不知道代表著什麼意思。」

智桃淡笑了一聲，說道：

「這是理所當然的，畢竟目前為止，每道謎都相隔了十年才被解開，進展得太快才不正常。」

她將手中的瓷杯放在一旁小桌的圓盤上，發出一陣悅耳的敲擊聲，接著把大腿的書闔上後說：

「為了讓尋物社長久延續下去，第一屆尋物社所設計的謎題，絕對是需要長時間、且非一己之力能夠破解的。

所以認為能在短時間內破解，或光靠自己找出寶藏並占為己有，是個非常愚蠢且自以為是的想法。」

『如果你想要得到接下來的寶藏，就必須靠自己的力量破解謎題——但前提是你要能找得到。』

我露出被擺了一道的冷笑說：

「難怪妳當時會毫不猶豫地，接受我的入社要求。但就算妳這麼說，也是無法打消我想找出寶藏並占為己有的念頭。」

「雖然還不知道你究竟還有多大的本事，但我倒是很欣賞你的慾望與執念。」

小不點少女從沙發上跳了下來，將手上的書遞給了昕遙，後者替她把書放回書架上，隨後智桃轉身面對著我問：

「不過看你這麼想找到寶藏，讓我不禁好奇如果真的得到了寶藏，你打算做些什麼呢？」

我攤了攤手，理所當然地回應：

「當然是過著不用煩惱金錢的輕鬆人生。」

智桃露出可惜的表情道：

「虧你擁有這麼好的天賦，卻只想著這麼無聊的生活啊？」

我對這個議題不感興趣地聳了聳肩，接著反問：

「那妳尋找寶藏的原因又是什麼呢？真的只是為了找到第一屆尋物社學長姐們嗎？」

「沒錯。」

此刻很難得地，在平時總是表露出高傲氣息的許智桃臉上，看見了小女生憧憬偶像的表情——

「除了問他們創立尋物社的真正目的之外，我想知道人稱天才寶物獵人的『C』學長到底是誰，還有『N』學姊及小『n』學姊的身分——

甚至是傳聞中那愛打架的問題學生、擁有眾多追隨者的校花，以及擁有龐大知識的宅男等人。

我想知道他們現在正在做什麼事、看著什麼樣的風景、擁有什麼成就。

在加入尋物時，聽見學長姐們所流傳的故事和事跡，就讓我對他們產生了強烈的興趣。」

小不點少女走到窗戶面前，伸手輕輕撫著玻璃表面，接著說：

「因為家庭因素的關係，在我成長的過程中，總是看著那些做出骯髒事情的大人，以及追隨著我無法理解的義氣，而加入桃壢會並逞兇鬥狠的年輕人們。

小時候因為自己的身分，身邊的人總是害怕著我、躲避著我，不知為何我開始對這個世界感到越來越無趣。」

我從窗戶的反射，看見了映著夕陽光的天青石色眼眸。

而那雙眼睛裡，彷彿滲出了能看透自身目標的堅定之光。

「直到加入了尋物社，才發現原來這個世界上，還存在著這樣的人事物。

也因為尋物社，才讓我明白比起傷害別人、讓別人感到畏懼而崇拜自己……

我更希望是幫助別人、讓別人感到幸福而崇拜自己。」

智桃回頭面向我，環著胳臂，將身體依在後方的窗面說：

「所以我想，創造出這一切的第一屆尋物社社員，就是我必須追尋的目標也說不定，而我想破解他們的謎題，就是希望能夠從中得到他們的足跡，僅此而已。」

聽到這裡的我，打從心底佩服了起來。

能夠在那樣的家庭背景下，還能擁有這樣的想法，實際上已經非常值得令人崇拜了。

想到這裡的我，頓時對智桃深感抱歉——

「對不起，智桃學姊，當時的妳之所以比任何人都害怕失去謎題環節，原來就是這個原因啊。」

智桃輕笑了幾聲後，走到書桌旁，並打開桌上的陶罐說：

「用不著道歉，我反而得向你道謝才對，因為你的執念，才讓我和第一屆尋物社社員的距離，又更近了一步。」

接著，她從罐子裡，拿出了一顆青蘋口味的軟糖，並遞向我說：
「這次的事，我們彼此誰也沒欠誰。吃下這顆軟糖，當時的爭執就一筆勾銷吧。」
我露出了一抹微笑後，接下小不點少女指尖上的小熊軟糖。

## 04

結束今日的社團活動後，智桃要我在校門口等她，說是還有些事要辦。
我背依著的校門口旁，印著「澍澤私立高級中學」字樣的圍牆石方柱上，並看著從行政A樓穿堂走出來的放學人群。
上方大時鐘的時間，指示現在是四點二十分。
此時離放學已經過了二十分鐘，並不是放學人潮的尖峰時間。
不過因為這所高中的特性，下午時段通常都是社團時間，而社團活動又可由社團本身需要進行到下午六點。
所以放學後每個時段，都會有稀疏的學生走出校門。
有趣的是，由於穿堂在國父像的正後方不遠處，因此不管是上學還是放學，進入或離開校門口的學生們，都會因為中間的國父像而分成左與右的人列。
在我逗趣地看著分成左右的人群，走過國父像的同時，看見一名身高特別顯眼的少女從國父雕像的右側走了出來。
對方看見我後，露出燦爛的笑容對我揮了揮手，接著快步地朝我走過來。
「對不起，讓你久等了，尋樂學弟！」
昕遙獨自一人來到我身邊後，我疑惑地左右張望了一下問：

「智桃學姊呢？她不是要我在這等她嗎，怎麼只有妳一個人？」

對方將食指底著下唇，微微偏頭說：

「智桃學姊已經先回去囉。」

我詫異地說：

「妳說什麼？」

昕遙重複了一次：

「智桃學姊已經先回去囉。」

「……什麼時候的事？」

昕遙眨了眨紫水晶色的雙眼，理所當然地問：

「她交代完要我印新的謎題複本之後，就已經離開了不是嗎？」

我一頭霧水地看向校門外說：

「可是我從剛才到現在，都沒看見她踏出校門口啊？」

昕遙揚起溫暖的微笑說：

「在這裡當然看不到，為了不造成其他同學的恐慌，所以護送智桃學姊的桃壢會保鑣們，都會在後門迎接學姊喔。」

我面對這個情況，我只能乾笑著說：

「所以她要我在校門口等什麼啊……」

「這個——」

此時巨大少女從側背包中拿出了一個文件夾，接著又從裡面拿出了一張道林紙，並遞到我面前說：

「智桃學姊說，因為謎題已經有新的線索，所以複本也應該印有塗刷過炭筆跡的版本，她要我拿給你的。」

我接下新版的謎題複本，看了幾眼後道謝：

「謝謝妳，昕遙學姊，當智桃學姊的助手應該很辛苦吧？」

將複本收進書包後，我回想起中午在地理專科教室裡的事情，接著說：

「我今天可是親身體會過了。」

對方搖了搖頭，回應：

「一點也不辛苦，我很榮幸也很幸運可以成為智桃學姊的助手。」

我苦笑了幾聲，好奇地問：

「妳為什麼會這麼認為呢？」

昕遙雙手抓著書包肩帶，微笑著說：

「雖然我沒有像學姊、和你一樣這麼優秀的頭腦，但尋物社是幫助大家的社團，能夠協助幫助大家的社團，我覺得很開心喔。」

我淡笑了幾聲說：

「妳還真是溫柔呢，昕遙學姊。不過我並沒有這麼高尚，說什麼幫助大家，我加入尋物社的目的還有目前所做的事情，都是為了能讓自己夠找出寶藏而已。」

昕遙疑惑地偏了偏頭，不解地問：

「不管有什麼樣的目的，你所做的事能實際上幫助到人，也算是一件好事不是嗎？」

聽到這句話的我，不禁揚起一抹微笑，點了點頭回應：

「不愧是學姊，說出來的話總能讓人體悟到一些道理呢。」

巨大少女有些慌張地揮了揮手說：

「我才沒這麼厲害呢，我是打從心底這麼想的喔！」

「我明白了，也謝謝妳，昕遙學姊，還麻煩妳特地把複本拿給我。」

昕遙掄起右拳並放在胸口上說：

「不會，這是身為助手的我應該做的！就算我頭腦不是很好，沒辦法協助你們解開謎題，所以我能做的也就只有這些了。」

「妳是非常稱職的助手，我打從心底這麼認為喔。」

對方傻笑了幾聲說：

「謝謝你，尋樂學弟。」

「不會。」

我接著半舉起右手，對著她道別：

「那麼我先走囉，明天見。」

但就在我剛轉身時，昕遙忽然喚了一聲：

「呃——尋樂學弟！」

「嗯？」

我疑惑地回頭望向對方，此時她說出了令我詫異不已的話：

「智桃學姊要我跟你一起回家。」

腦袋頓時轉不過來的我，再次確認：

「……妳說什麼？」

對方將食指底著下唇，重複說了一次：

「智桃學姊要我跟你一起回家。」

我一頭霧水地沉下臉詢問：

「為什麼？」

昕遙食指指尖底著下唇，眨了眨眼問：

「你不是和智桃學姊說過，昨天有一個穿著黑色大衣的男生，似乎在偷偷觀察你嗎？」

我騷了騷臉，乾笑地說：

「確實有這麼一回事……」

昕遙微微嘟起嘴道：

「智桃學姊和我，最近也有印象看過那一號人物，感覺目標就是針對我們尋物社社員，所以為了安全起見，學姊才會要我跟著你一起回家的。」

我著急地揮了揮手說：

「但這樣也太麻煩妳了！」

巨大少女將雙手擺在腰後，彎腰下來與我的視線平行，並笑著說：

「不會，智桃學姊調查過了，你家正好跟我打工的地方順路，所以從今天開始，放學我們都一起走吧？」

我避開巨大少女的視線，尷尬地說：

「但是要一個女生送我回家什麼的，這也太……」

「不用客氣啦——」

此時對方忽然拉起我的手，就往校門口走去。

「走吧，學弟，再不回家的話天色就暗了喔！」

被迫拖著走的我，不禁露出困擾的表情。

……完全被當作小孩子看了。

不過以她的身高，在她的眼裡我或許真的是小孩子吧……

不……如果是這樣的話，那麼在昕遙眼中，這個學校就沒有所謂的大人了。

我無奈地嘆了口氣後說：

「昕遙學姊，我可以自己走路，把我的手放開吧。」

對方似乎意識自己忘記還拉著我的手腕，趕緊收回手說：

「啊──抱歉、抱歉！因為我怕再這樣拖延下去，上班會遲到的！」

我不好意思地騷了騷臉說：

「要說抱歉的人是我才對，還麻煩妳這種事，而拖延到妳上班的時間。」

「也不是什麼困擾的事啦！因為社團的關係，我遲到也不是一、兩次了，但老闆知道我還是學生，所以通常都會體諒我的。」

「原來如此……」

此時的我好奇地問：

「話說回來，原來學姊放學後會去打工啊？」

對方回過頭來，點了點頭回答：

「嗯！作為助手的我，希望能夠增進自己處理事情的能力，所以會想到社會的環境看一看。」

「還真是努力呢。」

我佩服地說了一句後，接著問：

「是什麼樣的工作呢？」

「是酒店老闆的秘書喔。」

「晚上的酒店老闆秘書嗎……真是特別。」
「智桃學姊介紹的，說是很適合精進助手能力的工作，所以就推薦給我了。」
由知名黑道大姊頭女兒所介紹的工作，感覺上不是什麼很正當的工作啊……
我有點擔心地問：
「大致上是怎樣的工作內容呢？」
昕遙指尖底著下唇，望著天空思考著說：
「嗯……大多都是文書的工作，負責一些文件的分類、盤點、報帳與建檔之類的工作喔。」
「原來如此。」
我稍微放心了一點，隨後看著那隨著步伐搖曳的紫丁香色馬尾一會兒後，又想到了一個問題而好奇地說：
「其實當時，在我入社之前，聽智桃學姊解說關於尋物社的事情時，就有想過一個問題。」
她看向我，疑惑地眨了眨眼問：
「什麼樣的問題呢？」
我捏著下巴，回想著說：
「智桃學姊說過，所為的尋物社，就是只有偵探資質的人才能加入的社團。因為如果社員無法解開謎題，那麼人們就會對尋物社的能力感到質疑——所以我一直很擔心，作為尋物社助手的妳，會不會受到同學們的輿論呢？」
昕遙忽然停下腳步面向我，我也跟著停了下來。
此時的巨大少女，露出了非常溫柔的淡笑，搖了搖頭回答：
「在我加入尋物社之前，反而才會受到更多的輿論，所以我真的認為自己非常幸運，可以遇到智桃學姊那麼溫柔體貼的學姊，邀請我加入尋物社。」

這句話背後，以及那既耀眼又溫暖的微笑，隱約能推測出這名巨大少女，似乎有著什麼樣的過去。

但在我猶豫若問出口，是不是會對當事人感到不禮貌時，昕遙轉身繼續往前方走去後自己訴說了起來：

「我媽媽經常說，我一出生就是個六千多公克的巨嬰，從小到大身高總是高人一截。

一直以來，我同學們也喜歡拿我的身高開玩笑，或許也是因為身高太高的關係，會讓周圍的人產生壓迫感，所以在高中以前，都沒有什麼人願意跟我當朋友。

在那之前的我，其實一直很討厭自己，討厭像巨人一樣的身高，也討厭明明是女生，力氣也比男生大而常常被女生嘲笑。」

昕遙染著夕陽金光的背影，此時抬起頭來望著遠方，接著說：

「直到我遇上了智桃學姊，她因為自己身高矮小的關係，因此需要我這個身高高又力氣大的助手，所以才邀請我進入尋物社。

在加入社團後，因為智桃幫助了許多人，同時作為助手的我，也間接地幫助了許多人。

從那時候開始，再也沒有人拿我的身高開玩笑，甚至還會稱讚我的外型。

我開始變得喜歡自己的體型，也明白每個人所擁有的特質，全都是有存在的意義。

只要接納自己的特質，並善用這個特質，總有一天會發現這樣的特質，絕對會被人所需要的——」

巨大少女臉頰微微泛紅，露出幸福的笑容，回頭對著我說：

「你也是這麼認為的吧，尋樂學弟？」

我微微瞪大雙眼，此刻她的笑容，與當時的雪紀學姊有幾分相似。

隨後我有些不好意思地避開對方的視線，騷了騷臉說：

「嗯……雖然我不認為自己有什麼特質，不過我認同妳說的這些話。」

尋物社在這二十年來，到底改變了多少人，雖然是我所無法想像的事情——

不過能知道的是，入社條件如此困難，以及期末分數的獲得，比其他社團還要嚴苛的尋物社，之所以能夠延續二十年之久，一定是不少人希望這個社團存在，而努力出來的結果吧？

「學弟擁有的特質可多了呢，光是優秀的頭腦不說……」

昕遙將雙手擺在腰後，並轉身面對著我，用倒退的方式繼續往前走說：

「總是喜歡問『為什麼』的個性，也像是小孩子一樣可愛呢！」

隨後她將雙手十指的指尖，互相交疊在一起，並瞇著眼笑說：

「我姑姑有個三歲的兒子，臉圓滾滾胖嘟嘟地，也總愛問為什麼、為什麼，真是非常可愛呢！」

……看來真的被當成小孩子看待了。

「其實，今天下午你和智桃學姊吵架的時候，剛開始我真的被嚇到了呢。」

昕遙轉身面向正前方，接著說：

「雖然我不喜歡吵架，可是後來才知道，那是因為學弟你真的很勇敢，知道要怎麼要突破謎題，而不畏與智桃學姊針鋒相對——

所以要說你有什麼特質，目前為止我看到非常多優秀的特質喔！你看不見自己的優點，我想也是特質之一吧！」

聽到這裡的我，不禁愣了一下，隨後低著頭淡笑著說：

「……是嗎？」

對方用力地點了點頭回應：

「嗯！只要有欣賞你的人存在，就有感到驕傲的權利，這也是我後來好不容易明白的道理。畢竟缺乏自信久了，原本存在的優點，有可能會因為長時間的埋沒而真的消失喔！」

我停下了腳步，抬起頭看著高大學姊的背影道：

「謝謝妳，昕遙學姊，和妳聊天讓我明白了很多事。」

對方也停下腳步面向我，微笑著說：

「哪裡，能讓頭腦這麼優秀的你有所收穫，該感到開心的應該是我才對。」

我閉上雙眼，喃喃：

「……妳真的是一個很棒的學姊，我打從心底這麼認為。」

隨後我指著右手邊的巷口說：

「我家就在這個轉角不到五十公尺的距離，學姊就先去上班吧，免得占用妳寶貴的時間，也非常感謝你送我回家。」

「嗯，我明白了。還有……」

昕遙對著我再次露出了燦爛的笑容說：

「你也是個很棒的學弟，我同樣打從心底這麼認為的，將來尋樂學弟一定會成為一個非常了不起的大人吧。」

不知道為什麼，此時此刻的畫面，深深地印入了我的腦海之中。

回到家後的一整個晚上，腦海仍不斷反覆浮現這句話，以及那沐浴著夕陽光的燦爛微笑。

## 05

隔日，上午午休的鐘聲響起——

站在講台前，擁有一頭矢車菊藍短髮、以及一雙午夜藍眼眸的年輕女老師，推了推無框眼鏡的側邊後，闔上了手中的國文課本說：
「剛才課堂有問題的部分，隨時都可以私底下來問我，那麼大家下課吧。」
見狀，身為班長的我，將視線從筆記本上移開，抬起頭來對著大家喊道：
「起立——」
當全班因我的口令站起來時，女老師半舉起右手，輕輕地左右揮了揮說：
「不用了，已經是午休時間，不少同學都是到福利社買午餐的吧？大家趕快下課，免得到時要排很長的隊伍喔。」
我點了點頭後，微微鞠躬回應：
「謝謝老師。」
「——謝謝老師！」
全班熱情地齊聲重複了一樣的道謝後，便各自聊起天來或離開座位。
而我則是打算先將桌面上的物品收拾乾淨，但此時國文老師走到我身邊來，對著我微笑說：
「你就是張尋樂同學吧？」
我停下手邊的動作並看著對方，接著點了點頭回應：
「我是。」
「吃完午餐後，可不可以到行政A樓二樓的教師辦公室找我呢？我這裡有一些社團的事得麻煩你一下。」
「好……」
回應的同時，我也對這句話感到疑惑而偏了偏頭問：
「社團的事情？」

女老師苦笑了一下後，輕輕地皺著眉頭說：

「你果然還不認識我，畢竟我只是個剛完成實習不久的菜鳥老師，實際上根本沒有能力指導尋物社那些優秀的學生們，所以我只是掛名的尋物社指導老師唷。」

我有些驚訝地道：

「原來老師是尋物社的指導老師啊？身為尋物社社員的我，竟然不知道這件事情，應該是我的疏忽才對。」

對方將國文課本捧在胸前，乾笑著說：

「話別這麼說，雖然接任了這屆的社團指導老師，但我能指導的部分實際上一點也沒有，而且我還兼任了書法社跟文創社，所以到尋物社露臉的機會，同樣一次也沒有。」

她有些不好意思地抓了抓後腦，隨後又露出了充滿活力的笑容說：

「不過我還是很開心喔！因為老師我十年多前，也是澍澤高中的學生，當時就聽過尋物社的傳言，所以能當上社團指導師，多少還是會感到驕傲的——」

此時國文老師就像忽然想到什麼似地，看了看左手上的錶，露出慌張的表情道：

「啊！不小心就聊起來了，耽誤到你買飯的時間真不好意思！」

「不會……」

實際上今天昕遙也會幫我買午餐，所以我一點也不著急。

……雖然一直覺得，這樣有點對不起她就是了，不過身為社團助手的昕遙似乎很樂在其中的樣子。

「那麼別忘了喔，張尋樂同學，吃完飯來找我——那我先回辦公室了，再見！」

她和我道別後，就轉身離開了教室。

我望著國文老師的背影，心想她不僅沒有大多老師身為長輩的壓迫感，相處起來也像同學一樣，是個非常有活力的好老師。

「真是羨慕你呢，班長！」

此時一名金髮刺蝟頭的男同學，不知什麼時候湊到我身邊，並用手肘撞了我幾下說：

「每天都能和人稱『帶刺薔薇』的許智桃學姊、以及人稱『童顏女巨人』的楊昕遙學姊，兩名澍澤高中赫赫有名的校花相處就算了。

還有擁有『最高人氣女教師』之稱的徐逸楓老師，擔任社團指導老師——你這傢伙該不會一開始就想被美女圍繞，才想盡辦法加入尋物社的吧？」

面對這些話，我只能無奈地看著對方說：

「這些外號是從哪裡來的啊……你不怕被本人聽見嗎？」

刺蝟頭男同學豎起食指，不以為意地說：

「這些都是耳熟能詳的傳言，所以本人自己應該也知道吧！」

「我不知道，畢竟她們沒有對我提過這些事——」

這種很難由當事人說出口的事情，應該也不會提就是了……

我邊將課本與文具收進書包，邊說：

「話說，你還真是瞭解呢。身為本社社員的我，都還不知道有這些稱號。」

對方露出明白了什麼的表情問：

「你是從外縣市來的吧？」

我將書包蓋上，點了點頭回應：

「嗯，我老家在桃園。」

男同學聳了聳肩說：

「難怪！澍澤高中的尋物社，不僅在學校裡名氣響亮，連在這地區附近也都很有名的。只要住在這附近，就算不是澍澤本校學生，也多少會聽過尋物社的傳言……」

此時他忽然將手搭在我脖子上，把臉湊得老近，小聲地耳語：

「然後我有個委託要拜託你，希望你看在同班同學的份上私下幫助我。」

「什麼委託？」

「我昨天不小心弄掉了開學前不久剛買的橡皮擦，怎麼找都找不到，身為尋物社社員的你，應該能替我找出來吧？」

我感受到額角的經脈顫了一下。

「可以是可以——」

我對著他伸出右手說：

「五百塊。」

對方露出難以置信的表情，低喊：

「那塊橡皮擦全新的只要二十元，你跟我收五百塊！」

「那麼你自己去買個新的不就好了嗎？」

我將食指指尖牴在對方的額頭上，將他從我身邊推開來說：

「除非那塊橡皮擦對你來說真的很重要，超越金錢可以衡量的價值——」

一直以來崇尚金錢的我，竟然可以說出這樣的話……

或許在不知不覺中，尋物社也漸漸地改變了我也說不定。

「而且你真的想委託的話，麻煩社團時間自己到尋物社來。要別人展現誠意，那麼首先自己也得拿出相對的誠意才行。」

在把他推離身邊後，我收回指尖後，又朝他額頭輕輕戳了一下，接著說：

「還有，尋物社不是這麼隨便的社團，為了『尋物社』這三個字所帶給人的信任，歷屆社團學長姐們，究竟為此付出了多少努力，不是外人能夠體會的。

原本一點也不瞭解尋物社的我，在短短的幾天內就體悟了這些，代表經營著尋物社的學長姐們，都是很認真看待著這一切，才能將這個精神完好如初地傳遞到我身上。

所以為了不辜負他們所留傳下來的精神，我也不會隨便答應你這隨便的委託。」

刺蝟頭男同學先是愣了一下。

接著表情糾了起來。

隨後忽然對我九十度鞠躬喊道：

「……對、對不起，班長！我再也不開這種玩笑了！」

我露出尷尬的表情說：

「原來你在開玩笑……我才要道歉，是我太認真了。」

「才沒有！」

他仍沒有把身體抬起來，繼續保持九十度的角度喊：

「聽見你說這番話，我變得更尊敬你了，張尋樂班長！」

因為他宏亮的聲音，周圍的同學也開始將視線往這裡投來。

就在我不知道對這個情況該怎麼辦時，教室門口一名女同學對著我喊道：

「班長，學姊外找唷！」

終於有理由可以避開這些視線的我鬆了一口氣。

但卻又因為學姊竟然會來班上找我，這種奇怪的事而感到一股不安。

我逃避似地來到教室門口，首先映入眼簾的，是頭頂高過門上眶的巨大少女。

她手上拿著一袋紙碗餐盒，微微彎下腰對著我微笑說：

「今天吃焗烤燉飯喔，尋樂學弟！」

「妳的速度還真快呢，昕遙學姊……不過為什麼要特地拿到我班上來呢？」

「因為我班級離福利社比較遠，而我們的理化老師，是個非常會替學生著想的老師，他通常會讓我們提早五分鐘下課喔！」

此時昕遙望著上方，食指指尖抵著下唇說：

「至於為什麼要拿來這裡的話……」

「只是順便來提醒你，今天是社團新生的最後確定報到日。」

站在一旁，身高只高過門把一些的小不點少女，環著胳臂對著我說：

「你得向社團指導老師拿社團簽到確認表才行，不然前幾天的社團課會以曠課認定，沒有提醒你是我的疏失——你知道尋物社的社團指導老師是誰嗎？」

我點了點頭回應：

「嗯……我也是剛才才知道的，正好是我們班的國文老師。她剛才也叫我吃完飯再去找她，應該就是為了這件事吧？」

對這些事擠在同一個時間點發生，讓我感到有些疲憊地說：

「所以妳們多跑了一趟。」

昕遙露出溫暖的微笑，搖了搖頭說：

「別這麼說，反正一直在社辦裡吃午餐也會膩的，我們到其他地方用餐吧！」

此時，我發現外頭不知何時，圍繞了好幾名其他班級的學生。

他們互相交頭接耳喃喃：

「那兩個一高一矮的學姊，不就是尋物社的學姊嗎？」

「我有聽說過，但還是第一次看到本人耶！」

「她們在跟誰說話呀，一年甲班的同學嗎？」

「你沒聽說過嗎？一年甲班的班長，是我們這一屆唯一的尋物社社員呢！」

「真的嗎？好厲害！」

「是那個紅頭髮藍眼睛的男生對吧，名字好像叫張尋樂的樣子。」

我露出更加疲祓的表情，對著昕遙說：

「可以是可以，但盡量挑少人的地方吧……」

## 06

吃完午飯後，我在昕遙與智桃倆人的陪同下，到行政A樓二樓的教師辦公室，和徐逸楓老師拿了社團簽到確認表。

我寫完資料並簽名之後，當下就交回身為社團指導老師的徐逸楓手上。

「好，這樣就完成了！」

老師將資料放進文件夾後，皺著眉微笑，對我們露出道歉的表情說：

「下午的社團活動，因為文創社近期有散文比賽，我得過去進行指導才行，所以還是沒辦法到尋物社看一看，還真是抱歉！」

小不點少女淡笑著說：

「沒關係，畢竟老師是國文老師，比起我們文創社更需要您的專業，您還是先忙要緊的事吧。」

徐逸楓老師感謝地說：
「一直以來辛苦妳了呢，許智桃同學。」
智桃理所當然地回應：
「這是身為社團長的義務。」
「那麼時間也差不多了——」
國文老師看了看手錶，起身後拿起桌上的一些書籍，接著說：
「我得趕去文創社社辦才行，你們下午的社團活動也加油唷！」
昕遙將右手放在右眉角，充滿活力地回應：
「好的！」
「那麼我先走了，掰掰！」
說完，徐逸楓老師便匆忙離開了教師辦公室。
見狀，昕遙雙手捧在胸口前，露出溫暖的笑容說：
「徐老師一直都是個既認真又有熱情的好老師呢！」
智桃似乎是認同地淡笑了一聲，接著轉身面向門口說：
「我們也回社辦吧。」
我和昕遙點了點頭後，便跟著智桃一同往尋物社社辦的方向走去。
一路上，我和昕遙聊著一些無關緊要的小事。
直到踏進文庫E樓的走廊，智桃才像是想起什麼似地，對著我問：
「對了，尋樂學弟，昨天回去後，謎題有什麼新的進展嗎？」
聽到這裡的我，露出不好意思的表情回答：

「沒有，因為昨天的腦力已經用光了，打算今天社團活動的時候再繼續研究。」

智桃淡笑了幾聲後說：

「你這麼做是對的，適時休息也很重要，一股腦地想找出寶藏而廢寢忘食並不是什麼好事。」

我聳了聳肩道：

「我自己也認為不需要這麼著急，因為才短短兩天，我就已經解開了兩個重要的線索。」

我捏著下巴思考著說：

「關鍵就只剩下左上角的旭日旗……」

還沒說完，走在前方的智桃忽然停下了腳步。

此時我們已經來到文庫E樓三樓的走廊，智桃望著前方，語氣冰冷地問：

「昕遙，妳昨天有鎖上社辦的大門嗎？」

昕遙眨了眨眼，理所當然地回答：

「有喔，我每天都會確實檢查上鎖才離開的，怎麼了……」

在巨大少女也將視線往前方看去時，話語就像被切斷似地忽然打住。

——位於走廊盡頭，掛著尋物社牌子下方的防盜門、以及後方的歐式木門，此刻正敞開著。

智桃忽然跨出步伐往前跑去，我和昕遙也跟著追了上去。

我們在社辦門口停下，並往裡面一看——

此時的我難以置信地睜大雙眼。

社辦後方的書櫃機關被開啟，而裡面的保險櫃也被打開。

一名戴著鴨舌帽，穿著黑色大衣的男性，悠哉地坐在中央的書桌前，手上還拿著珍貴的謎題正本！

「原來如此，真是有趣。」

男性露出令人毛骨悚然的微笑。

那雙散發紅光的眼眸，瞥了我們一眼後說：

「下午三點的鐘塔，是嗎？」

智桃臉上滑下一顆汗珠，擺出警戒的姿態，冷冷地問：

「……你是什麼人？」

男性將謎題正本放入褲子口袋，接著從椅子上站了起來，並走到旁邊的書櫃前，從上面拿出了一本厚書，翻開來看了一下後說：

「這間尋物社社辦，十幾年一直都沒變，所以才能讓我回想起種種令人懷念的回憶。」

隨後他將書本闔上，將視線轉向我們，接著說：

「不過現在的社員全都是陌生的臉孔，這個感覺還真是奇怪。」

「別再讓我問一次，你到底是誰？」

智桃露出我從未看過的兇狠表情，惡狠狠地說：

「你觀察我們很久了，對吧？」

「明明體型這麼可愛，但是氣勢還真是嚇人呢。」

男性淡笑了幾聲後，將帽子拿下，露出一頭流利的黑髮。

「不過妳不用擔心，我不是什麼外人。」

隨後他又將大衣脫下，一身壯碩的好身材也嶄露了出來。

「我是你們尋物社的學長，十年前破解第一道謎題的——」

男性將大衣毫不客氣地批在中央椅子的椅背上，並作出介紹自己的姿勢說：

「林御勝。」

「御勝……學長？」

智桃愣了一下後，又再次擺出警戒的姿態問：

「你這幾天一直觀察我們，到底有什麼目的？」

「沒什麼，我只是……」

這名年紀大約二十多歲，名叫林御勝的男性，從口袋中拿出謎題正本，並將它夾在食指與中指之間說：

「想要借用這張謎題，找出接下來的寶藏而已。」

「你以為我會答應嗎？」

智桃危險地瞇起眼睛說：

「就算我一直以來，都很尊敬尋物社昔日的學長姐們，但也不能讓你做出違反社團規定的行為。再者，我們可是經歷了一波三折，才重現上頭重要的線索，心血怎麼可能就這麼被你奪走？」

「妳是現在的社團長沒錯吧，許智桃學妹。」

林御勝學長微微瞇起銳利的血紅色雙眼，指尖懷念地輕輕撫摸著書桌面，接著說：

「我能明白妳的想法，不過以妳現在的年紀還無法體會吧。但當妳將來非常需要錢的時候，就會發現現在的自己有多麼愚蠢了——

把好不容易找到的寶藏，當作是尋物社重要的回憶看待，而不去使用寶藏實際的價值。

說白了，把寶藏留在這個社辦裡一點好處也沒有，那些寶藏也永遠無法發揮本身的價值，這樣實在太浪費了。」

他抬起頭來，直視著我們說：

「相對地，那沉睡在澍澤高中某個角落數十年的一億元寶藏，一天不被人找出來，就浪費了它一天的價值。」

「所以你打算把寶藏與謎題占為己有，是嗎？」

智桃有些憤怒地咬著牙說：

「這樣就和小偷有什麼差別？」

「別說得這麼難聽嘛，智桃學妹。」

林御勝豎起細長的食指，筆直地指著我說：

「就我所知，那名尋樂學弟，不也是打算這麼做嗎？」

聽到這裡的我，不禁吞了口口水。

但此時，智桃站出來檔在我面前，替我說話：

「至少他還是尋物社社員，擁有尋寶的資格，而且你手上謎題當中的線索，也是憑他的力量找出來的。」

我有些不可思議地看著這名小不點少女。

但面對這個反應，林御勝卻露出看到笑話的表情說：

「所謂的『尋寶規則』，是嗎？但我已經過了玩著家家酒的年紀了。」

這時，他從另一邊口袋拿出了一個白玉鐲，看見這個景象的昕遙詫異地喊：

「那個是……『N』學姊留下來的羊脂白玉鐲！」

「妳說錯了喔，昕遙學妹——應該是『我』留下來的才對。」

林御勝淺淺地吻了玉鐲表面，接著道：

「所為的尋寶，就是由誰找到寶藏，那個寶藏就屬於誰的東西。所以放心吧，智桃學妹，我不會拿走妳找到的玉鐲，但我會拿走屬於我的這份。」

智桃露出極為不甘心的表情說：

「我一直很崇拜第一個破解謎題的你，但照現在看來，我完全看錯你了。」

林御勝無所謂地聳了聳肩說：

「妳只是無法認同不是自己思想的思想罷了，但事實就是第一個破解謎題的我，絕對比你們還要優秀，我才是最有資格找出寶藏的人──『萬事起頭難』，妳難道沒聽過這一句話？」

智桃狠地咬著牙關，怒視著眼前的男人。

「真可怕，妳現在的表情，就像是想把我殺了一樣難看呢。」

林御勝攤了攤手說：

「不然這樣吧，為了讓你們心服口服，我們來玩一場遊戲怎麼樣？我想你們應該有聽過『海龜湯』這個情境推理遊戲吧──」

他豎起食指，解釋道：

「所謂的海龜湯，是源自日本一個網路論壇的推理遊戲，之所以稱為『海龜湯』，是因為其中的一道經典謎題──

有名男子到一間看得見海的餐廳，點了一碗海龜湯。

他吃了幾口驚訝地問店員：『這真的是海龜湯嗎？』

當店員肯定地回答：『這是貨真價實的海龜湯』後，男子就自殺了，請問是為什麼？」

林御勝翹起二郎腿坐在書桌邊緣，接著說：

「這個遊戲的規則很簡單，出題的人可以回答猜謎的人所提出的問題，但只能回答『是』，或者『不是』。

我們就來玩這個遊戲，由我來出題、你們回答真相，我一共只會出三道題目，若全答對就算你們贏。」

隨後他狡猾地瞇起眼睛道：

「如果我輸了，就承認你們比我還要優秀，才是更有資格找出寶藏的人，不拿走任何物品且再也不打寶藏的念頭。

但要是我贏了的話，我就會拿走原本就屬於我的玉鐲，以及第三道謎題的內容——你們意下如何呢？」

眼看智桃眼中的怒火越來越旺盛，我趕緊從口袋裡拿出了新版的謎題正本，說道：

「我們彼此各退一步吧——既然那個玉鐲是你找到的，那麼你現在想拿走，任何應該人都不會有怨言。

但是如果你想要謎題內容的話，請收下這張影印複本，把重要的謎題正本給尋物社……」

但就在我伸出手上的複本時，智桃忽然抓住了我的手腕，並怒地壓了下去說：

「如果你把謎題給了他，也等同於將找出一億元寶藏的資格一併獻上了！」

她瞪視著我，髮絲似乎因為憤怒而稍稍翹了起來——

「尋寶的資格就只屬於現任尋物社社員——這是寶藏真正的主人所定下來的規則！

如果我破壞了這個規則，不僅否認了社團一直以來的延續，也等同否認了追尋著第一屆尋物社學長姐的自己！

如果不讓他心服口服的話，這一切是不會結束的，所以……」

智桃轉身面對著我們，雙拳緊握地低吼：

「楊昕遙、張尋樂——身為現任尋物社社員的我們，有義務和責任讓他輸得心服口服！」

看見這個景象的我，不禁愣住了。

同時也回想起一些非常重要的事情——

「我明白了，智桃學姊。」

低喃了一聲後，我走向前輕拍了小不點少女的肩膀說：

「妳是我看過最有責任感的學姊了，能遇見妳我實在非常幸運。」

我閉上眼睛，自嘲地笑著說：

「若什麼都不去改變，就只能永遠保持現狀——雪紀學姊曾說過這麼一句話，既然是我們讓她明白這個道理的，那麼我們豈能夠忘記呢？」

我將視線轉向一旁的巨大少女，接著說：

「昕遙學姊昨天也教會了我，一個人所擁有的特質，絕對都是有價值的——」

昕遙此刻露出了非常溫暖的笑容，輕輕闔上雙眼點了點頭。

我也淡笑了幾聲，又接著說：

「害怕是妳的特質，智桃學姊，但這並不是壞事——之前妳害怕可能破壞謎題正本，才寧願讓自己的目標停滯不前，也要保護好第一屆學長姐們留下來的東西。

而現在的妳，同樣因為害怕尋物社的規則被人破壞，才會站出來面對這一切。

在我眼中，這個害怕的另一面，實際上是一份更堅定的勇氣。

我想不管最後的結局如何，第一屆尋物社的學長姐們，看見此時此刻的妳，一定會感到非常驕傲吧？」

智桃臉上再也看不見憤怒的神色，取而代之的是一臉難以置信的表情，眼眸滲出不明顯的水光低喃：

「尋樂學弟……」

我往向前方的紅眼男性走去，並在他面前停了下來說：

「對不起，智桃學姊。我再也不會將尋寶的機會，伸手讓給任何局外人了。所以我絕對……不，『我們』絕對會讓你輸得心服口服的，林御勝學長！」

「真不是錯的自信嘛，學弟。」

林御勝露出了正中下懷的邪笑，微抬起下巴說：

「那麼在出題之前，我先把更詳細的規則說明清楚吧——」

# —06—

〈實境推理海龜湯〉

我才是真正有資格找出寶藏的人，一決勝負吧——學弟！

我才是真正有資格找出寶藏的人，繼續出題吧——學長！

## 01

林御勝坐在書桌邊緣，對著我們說道：

「首先，規則就像方才說的——由我來出題、你們回答真相，而我一共只會出三道謎題，只要你們答得出這三道謎題的真相，就算你們獲勝。

但相對地，若回答出錯誤的答案，你們就輸了。還有，遊戲時間只到下午三點整為止，如果你們在時間過後，還沒有解開三道謎題，也算你們輸。」

他用大拇指指著自己的胸膛說：

「另外我出的謎題，全都是擁有唯一正確解答的謎題，而且我必須真的知道答案才行，所以你們不用擔心我會出根本沒有答案的題目。

然而要是你們可以證明，我根本不知道謎題的實際答案的話，或是謎題不只有一個解答的話，你們就無條件獲勝。

另一方面，出題的人；也就是我，必須無條件回答你們提出的問題，但我的答案只有『是』，或者『不是』。

以『海龜湯』這個謎題來舉例——猜謎者對發謎者提出『男子是否真的自殺了？』，我必須依謎題答案的情況，照實回答『是』才行。」

對方露出了詭計多端的淡笑，接著說：

「但如果我說謊，說出非事實的答案，只要可以證明我說謊，你們同樣也無條件獲勝。

這些規則幾乎有利於你們，所以到時輸了的話，可別說我拿擅長的遊戲來占你們便宜唷。」

我不安地吞了口口水。

雖然他這麼說，但是從臉上的表情看來，感覺並不是這麼一回事。

對方一定藏有什麼我們還不知道的絕對優勢，才會提出這個遊戲的吧。

但與其思考這些無濟於事的事情，不如專心面對此下來的謎題。

畢竟都答應這場遊戲，已經不能走回頭路了！

「那麼，第一道謎題就當做開胃菜，請解開這道『海龜湯』的經典謎題吧——」

接著，他又重複了一次名為「海龜湯」的謎題內容：

「有名男子到一間看得見海的餐廳，點了一碗海龜湯。

他吃了幾口驚訝地問店員：『這真的是海龜湯嗎？』

當店員肯定地回答：『這是貨真價實的海龜湯』後，男子就自殺了。

請問，這是為什麼呢？」

他將雙手拱住交疊在左腿上的右膝，一派悠閒地說：

「我會以正確答案為根據，以『是』或『不是』來回答你們提出的問題。然而這道謎題是網路上廣為流傳的謎題，所以若早就知道正確答案的話，直接說出答案就等於解開了第一道謎題，我已經非常放水了喔。」

當他說完後，現場頓時陷入沉默。

我從來沒玩過這種遊戲，所以理所當然沒有聽過這個經典謎題。

隨後我左右看了看昕遙和智桃兩人。

他們嚴肅的沉思表情，也道出了和我相同的情況。

看見這個景象的林御勝，狡猾地將眼睛瞇成彎月，笑了幾聲說：

「看你們的表情，似乎都沒聽過這道謎題的樣子，還真是可惜呢，枉費我一開始作出了這麼大的讓步，就算是你們運氣不好囉。

但即使是這樣，說好的事情就不能反悔——來吧，拿出你們引以為傲的自信，解開這道謎題試試看啊？」

我看著一旁的小不點少女，回想她曾經說過的話——

『我的推理模式，就像是直線加速賽車。』

從林御勝說出謎題題目至今，已經遠遠超過五秒這個基準了，但智桃仍無法作出任何回答。

也就是說，這遊戲謎題的線索，必須完全依賴出題者的回答，這完全中了智桃不擅長引導線索的死穴。

我沉下臉望著眼前的林御勝——

我想這個男人，這段時間觀察著尋物社時，也早就把智桃的弱點給調查清楚了，所以才會提出海龜湯這種性質的遊戲。

不過……

「尋樂學弟。」

此刻智桃喚了我一聲，並用一雙信任的眼神望著我。

我頓時明白她大概想表達什麼，而點了點頭回應：

「我明白了。」

我是剛入學不到一周的新生，對方能調查的事絕對有限。

所以能夠擊敗林御勝的人，或許只有我一個人了！

由於昕遙的雙手端正地放在大腿上，因此我能瞥見她手上的手錶。

現在時間是中午十二點五十分，所以我們總共只有兩個小時又十分鐘的時間，可以解開林御勝所提出的三道謎題。

——沒有時間沉默下去了！

我快速在腦海中整理謎題內容的資訊，接著抬起頭來直視著眼前的紅眼男性，說出了目前的推論：

「首先，能作為故事情境中的食物，應該有非常多種選擇才對。但是謎題的主軸，卻是用『海龜湯』這不知是否真的存在的料理。再加上故事的主角，吃了海龜湯後，也提出了這是否真是海龜湯這個疑問。所以可以推測，海龜湯並不是大部分人都嘗過的食物。而用海龜湯為情境主軸，想必出題者想引導的方向，應該是和『大海』有非常大的關係。」

隨後我捏著下巴，思考著說：

「謎題的結局，則是男子在確認自己吃的食物，是真正的海龜湯後就自殺了。人之所以自殺，一定都是受到了自己無法承受的壓力，使精神崩潰或悲痛不已才會作出的決定。大海、食物以及壓力，從這三點來作聯想的話，人會在什麼樣的情況下，會在有關大海及食物而產生壓力呢？」

此時昕遙就像想到了什麼似地，對著我問：

「謎題中的那名男子，該不會是漁夫吧？因為捕不到魚所以生活困苦，生活不下去才而產生了自殺的念頭呢？」

我對著她搖了搖頭說：

「如果男子是漁夫，那麼他缺乏的應該是漁獲，而漁獲等同於收入，收入意指金錢，而不是食物本身。」

昕遙思考了一下後，將食指底著下巴上又問：

「那麼男子其實養過海龜，而跟海龜有非常特別的感情，在吃了海龜湯之後才傷心地自殺呢？」
我再次反駁了她的推測：
「這是非常不合理的情況，因為如果真的是這樣，那男子一開始就不可能點『海龜湯』這道料理。」
昕遙露出不好意思的笑容，騷了騷後腦說：
「說、說得也是……對不起，我好像提出了很蠢的問題。」
我搖了搖頭，對著她露出微笑說：
「不，這是很好的刪去法。」
隨後再次思考了起來，接著說：
「排除了生活上的壓力，以及對海龜本身感情的糾結後，對男子來說海龜就只是食物而已，這麼一來謎題的方向，就明確地指向『食物』這個主軸。
然而有什麼原因，會因為大海關於食物上的問題而產生壓力，我想最有可能的原因是——」
我對著林御勝提出了第一個問題：
「請問那名男子，是否曾經遭遇過海難呢？」
對方露出了些許佩服的表情，並回答：
「是。」
聽見這個回答，昕遙露出了些許驚訝的表情。
而智桃則是點了點頭低喃：
「因為海難，所以對食物上的問題而產生壓力這點就說得通了。」
我淡笑了一聲，推測獲得證實之後，將目前的資訊統整起來後分析：
「男子曾經遇過海難，但他活下來了，才能到餐廳裡點海龜湯享用。

人之所以求生，是因為想活下去，但為什麼男子會因為吃到了海龜湯後，捨棄昔日的求生心，而選擇了結自己的性命？

表示他吃到了海龜湯後，產生了不能承受的壓力，而這與海有關的食物，一定與當時的海難脫不了關係——」

我再次對著眼前的男性提出疑問：

「男子在遭遇海難的時候，是否曾經吃過海龜湯？」

「不是。」

得到這個答案，我接著推測下去：

「所以男子當時吃的並不是海龜，而他當下也不知道，自己吃的東西到底是什麼吧？」

此時，智桃環著胳臂，對著我不解地問：

「可是在缺乏食物的情況下，有食物應該是非常激勵的事情。

然而再次嚐到救命食物的滋味，應該會回想起當時的求生心才對。

但究竟是什麼原因，才會讓原本激勵的事，轉為讓男子選擇自殺的壓力呢？」

我捏著下巴，思考著說：

「我想男子海難時，吃到的東西可能與海龜湯有關，但並不是海龜湯。

所以當他到餐廳吃到真正的海龜湯時，才會確認是不是真的海龜湯。

表示他在餐廳吃到的海龜湯，與海難時吃到的海龜湯並不一樣。

另一方面，人基本上幾乎什麼都吃——

不吃的東西除了難吃、不能吃，或吃了會傷害身體外，還有不忍心吃的東西。」

我閉上眼睛，想像若自己的遭遇和男子一樣，會有什麼樣的感受與想法，用切身體會的角度並推論：

「由於男子的情況是處於缺乏食物的海難，為了生存基本上能吃的都會吃吧。唯一讓他不吃的，撇開不能吃這個理所當然的選項，就只有不忍心吃的東西。而方才昕遙的疑問，我們也撇除了對寵物感情上的糾結。除此之外，還有因為吃到了什麼，才會讓人產生極大的壓力，或導致精神上的崩潰，我想就只有——」

聽到這裡的智桃，露出恍然大悟的表情，揚起嘴角說：

「人類自己本身了。」

為了證明目前為止的推測，我再次將視線轉向林御勝，並問：

「當時男子遭遇海難時，是否有還其他的同伴呢？」

對方閉上雙眼，露出佩服的淡笑回應：

「是。」

「那麼我知道答案是什麼了——」

「我明白了，這道謎題的解答——」

我和小不點少女在同一個時間點想到答案。

但身為社團長的她，是最有資格完成這個謎題的人。

因此我對著智桃使了個眼色，示意將說出謎題答案的機會讓給她

對方露出明白地淡笑，接著走向一旁的小圓桌，拿起桌面的白瓷杯說：

「那名男子因為海難，而沒有食物可吃吧。」

隨後智桃又從桌子一隅的包裝盒，拿出了一個茶包，放入杯子裡後說：

「所以，男子當時的夥伴，拿出了自稱是『海龜湯』的食物，才讓男子度過海難並活了下來。」

接著她按下熱水機的出水鈕，冒著煙的清澈液體注入瓷杯內。

「可是後來男子到了餐廳，點了一碗真正的海龜湯品嘗後，發現與當時吃過的海龜湯味道並不一樣……」

當杯中的液體，從透明無色逐漸被茶包染成紅色後，小不點少女也將推理的最終結果說了出來：

「男子這才驚覺，自己吃到的是自己同伴的肉，因為受不了這個打擊才會選擇自殺的。」

在紅茶的香味瀰漫整個空間的同時，午休結束的鐘響也在此刻傳出。

這個是下午一點整，社團活動開始的鐘聲，代表我們只花了十分鐘就解開了第一道謎題。

鐘聲結束後，林御勝舉起雙手鼓掌道：

「真是了不起，竟然只用僅僅十分鐘，就解開了『海龜湯』這道經典謎題。真不愧是尋物社的學弟妹們，實力果然不能小覷。」

他雖然這麼說，但臉上的表情卻看不出任何壓力，一派輕鬆地說：

「但這僅僅只是道開胃菜而已，那麼接下來則是稍微正式一點的題目了，我會把真正的遊戲內容留到最後的，畢竟最好玩的遊戲，必須得跟相當實力的人玩才有趣，不是嗎？」

聽見這些話，難免會猜想他是否隱藏著什麼必勝關鍵而感到不安。

但沒問題的……

只要我們三人一起，彌補彼此特質上的缺陷，任何難題絕對都能突破！

「那麼，我要出題了——」

林御勝狡猾地瞇起眼睛後，從口袋皮夾裡拿出了自己的身分證，並毫不遮掩地攤在我們面前說：

「我的名字叫林御勝；樹林的林、御廚的御、勝利的勝。

有次我到酒店參加位於包廂內的網路聯誼會。

參加的人，包含我一共有三女三男。

我們從未看過彼此的真實面貌以及真實姓名。

在聯誼的開場，我們各自點了自己喜愛的酒類。

我一如以往點了最喜歡的調酒，自由古巴。

小酌了一會兒後，為了更加認識彼此，我們決定由男方在紙條上寫下自己的名字，並放入空了的面紙盒內，由女方進行抽取。

女方抽到對應的男方名字，就要和對方進行兩人一組的雙人合唱。

但巧的是，我們當時都還不知道，竟然有另一名男性與我同名同姓。

抽到我紙條的女方，唸出『林御勝』這個名字時，我和另一名男性同時舉起了手。

可是那名女性卻馬上知道那張字條是我寫的——請問這是怎麼回事呢？」

昕遙眨了眨眼，對這個謎題內容提出了理所當然的質疑：

「只要看字跡的話，應該很容易分辨是誰寫的吧？」

「所以這就是你們的答案嗎？」

林御勝露出了似笑非笑的表情問：

「推理出解答的機會就只有一次，一旦決定了解答，無論是對或錯都不能反悔。那麼再確認一次——那名女性是用字跡來分辨，就是你們的答案嗎？」

智桃趕緊搖了搖頭，回應：

「當然不是。」

我認同地點了點頭說：

「沒錯，不可能是字跡的。因為在謎題情境當中，參加的人彼此全都未曾相識，再加上還是網友，會知道彼此字跡的機會微乎其微。」

聽見我與智桃的否認，昕遙慌張地道歉：

「對、對不起！我又說了很蠢的問題了……」

「用不著道歉，昕遙學姊。也不要害怕問問題，或怕自己的問題很蠢，因為要解決問題，就必須知道答案，若把問題擱著，就什麼事都解決不了。

而且妳自己也說過了，必須相信自己的特質——能想到什麼就說什麼、認為什麼就嘗試什麼，這也是妳的特質。」

我對著巨大少女，微笑著說：

「只要善用這個特質，總有一天會發現這樣的特質，絕對會被人所需要的——對吧？」

昕遙先是愣了一下，隨後露出溫暖的笑容，點了點頭回應：

「是的，尋樂學弟！」

林御勝「哼」笑了一聲，露出看著小孩玩耍般的表情。

我收起自己的微笑，將視線轉回前方的紅眼男身上，隨後思考起這次謎題的資訊——

「人之所以能分辨事物，必須仰賴視覺、聽覺、味覺或觸覺來達成。

但要分辨一張紙條，內容是由誰寫的話，聽覺和味覺是最不可能的選項。

從謎題的內容來推測，女方是用從衛生紙盒內『抽取』紙條，並『看』到紙條上面的內容來說出男方的名字。」

此時智桃將杯緣拿離嘴唇，對著我道：

「也就是說，在這個過程中，女方只使用了『視覺』與『觸覺』這兩種感官，所以答案只要排除其中一項可能，就能得出這道謎題的答案了吧。」

「沒有錯。」

只要利用對方，必須老實回答問題的特性，先得到女方是利用哪種感官來分辨紙條的主人，再從謎題內容中推理出答案就好了。

感覺這次的謎題，比起「海龜湯」還要簡單，讓我不禁輕笑了一聲。

隨後我對著眼前的男人提出問題：

「請問女性分辨紙條主人的方式，是使用『觸覺』來辨認的嗎？」

對方攤了攤手回答：

「不是。」

我接著又問：

「那麼女性分辨紙條主人的方式，是使用『視覺』來辨認的嗎？」

「是；但也不是。」

此時從對方口中說出來的答案，讓我的思緒頓時陷入混亂：

「……你說什麼？」

林御勝露出迎刃有餘的笑容，重複了方才的答案：

「是；但也不是，這就是我對於這個問題的回答。」

智桃警戒地瞇起眼睛說：

「怎麼可能是也不是，別忘了你自己說的遊戲規則，要事你說出非事實的答案，只要可以證明你說謊，我們就無條件獲勝了喔。」

林御勝聳了聳肩，回應：

「我當然知道，不過我說的可是事實，而且……」

隨後他詭計多端地沉下了臉說：

「這個世界上有許多事，並不是非黑即白這麼簡單。簡單舉個例子吧——

我不小心弄丟了一張百元鈔票，不久之後卻走運地在路上撿到了一百元，請問我的財產是否損失了一百元？

這個答案當然可以是；當然也可以不是，因為弄丟了百元鈔，但後來又撿到了百元鈔，我確實損失了原本那張鈔票，但我的實際財產並沒有損失。」

聽見這些的我，臉上滑下了一顆斗大的冷汗。

現在終於知道，為什麼他總是一副覺得自己能夠獲勝的原因……

由於我們沒辦法確定，他的回答到底有沒有在說謊。

然而因為遊戲的規則；也就是只要證明他說謊，我們就能無條件取勝。

再加上謎題的解答，必須完全依賴出題者的回答，才能有進一步的進展。

因此過程中，必須以「信任」為出發點來推測謎題才行。

如果思維被對方的謊言拖著走的話，連證明是否說謊都有困難，甚至到得出結論的當下，才發現自己早已遠離真相的軌道而慘敗。

另一方面，由於出謎者的規則，只需要對猜謎者的問題，回答「是」或「不是」兩種答案，而不必多加說明之下……

若謎題情境中的事件，是模稜兩可、界線模糊的情況，那麼這個遊戲的規則，實際上是非常不利於猜謎者的。

……真是糟糕。

在答應玩海龜湯這個遊戲的當下，我們果然……

已經掉入了他早已設想好的陷阱裡了！

但是……

『除了要抱持著絕對想發掘出寶藏的執著，以及擁有絕不放棄的毅力之外……』

——我掄緊了拳頭。

『更重要的是，擁有不怕失敗的決心，以及勇於嘗試的勇氣。』

不能放棄！

『不畏懼挑戰，即使有可能會失敗，也勇敢面對問題……』

——我抬起頭來，堅定地直視著眼前的紅眼男性。

『因為若是不嘗試，那麼就永遠沒有成功的機會。』

沒錯——放棄的話就什麼都沒有了！

『若什麼都不去改變，那麼就只能維持現狀。』

即使處於劣勢，只要硬著頭皮努力下去，就可能有扭轉的希望！

「我明白了。」

我重整自己的態勢，從退卻改為接受眼前的劣勢，並堅定地對著眼前的男人問：

「所以你對於女性分辨紙條主人的方式，是使用『視覺』來辨認的這個問題的回答是——『是；但也不是』沒錯吧？」

林御勝笑著攤了攤手說：

「當然，我已經重複兩次了。」

「那麼，我要繼續提出問題了——」

為了從模糊的謎題中，挖掘出有進展的線索，我開始將任何想得到的問題，接二連三地扔了出來：

「你當時與另外兩名男性，所使用的筆是同一支的嗎？」
「是。」
「你當時與另外兩名男性，所使用的紙張種類是相同的嗎？」
「是。」
「你當時與另外兩名男性，所使用的紙條大小、形狀是相同的嗎？」
「是。」
「你當時寫著名字的紙條上，有任何除了名字以外的可見記號嗎？」
「不是。」
看見我與對方一來回一的問題與回答，一旁的昕遙和智桃完全沒有打岔的機會——
「在那名女性說出名字之前，你知道自己的紙條被誰給抽中嗎？」
「不是。」
「在那名女性念出名字之前，另外兩名男性知道自己的紙條被誰給抽中嗎？」
「不是。」
我開始有些焦慮地咬起拇指指甲，並繼續問了下去：
「除了那名女性之外，另外兩名女性也分得出來那張字條的主人嗎？」
「不是。」
女性分辨紙條主人的方式，是使用『聽覺』來辨認的嗎？」
「不是。」
「女性分辨紙條主人的方式，是使用『味覺』來辨認的嗎？」
「是；但也不是。」

聽見這裡的我頓時睜大了眼。

使用視覺，是但也不是。

而使用味覺，一樣是但也不是。

我知道了——

「我想那名女性，之所以能分辨紙條的主人是你，是包含了『視覺』與『味覺』這兩種感官，同時證明而得出的結論。

只有這種情況，才能達到當我問是利用哪個『獨立』的感官，來分辨紙條的主人是誰時，回答出是但也不是的答案——

因為光靠視覺無法確定紙條的主人是誰；同樣地，光靠味覺也無法分辨紙條的主人是誰。」

「原來如此……」

此時的智桃也想到了某個關鍵，而接著說：

「在謎題的情境中，也特別提到『調酒』這個東西，而在參與聚會的人寫下名字之前，是已經小酌一會兒後的情況，所以我想『氣味』應該跟調酒脫離不了關係。」

隨後她又苦惱地啜了一口茶後說：

「但問題在於是什麼樣的氣味，能強烈到附著在紙張上，從衛生紙盒被抽出來後，還能蓋過女性身上通常會有的香水味、指甲油味，傳入那名女性的鼻腔中。」

「要得出這個答案，我想首先得知道，林御勝學長所點的『自由古巴』是什麼樣的酒？」

我將視線轉向小不點少女，問道：

「可是我從來沒喝過酒，對調酒一無所知……」

對方別過頭去，回應：

「別用那種眼神看我，我也是滴酒不沾的人。」

「我知道喔！」

此時一旁的昕遙跳出來解釋：

「自由古巴是用蘭姆酒、可樂以及些許萊姆汁所調成的雞尾酒，外型就像是裝滿冰塊的可樂一樣，杯角通常還會掛上半月型的萊姆片，看起來感覺很涼快呢！」

我頓時想起這名巨大少女放學後的身分，有點尷尬地笑著說：

「果然是酒店老闆的秘書……謝謝妳，昕遙學姊，幫了我大忙。」

「不用客氣，我真的幫上忙的話就太好了！」

「是真的喔，昕遙學姊。」

多虧昕遙的服，讓我想到了一個決定性的可能性，而對著眼前的男性問：

「你當時喝自由古巴的時候，是否有違於自己印象中的味道呢？」

對方挑了挑眉，淡笑著回答：

「是。」

——果然沒錯！

「是因為萊姆味不夠重嗎？」

「是。」

「所以你把杯角的萊姆片，用手擠入了杯子裡面以此提味，是吧？」

「是。」

我捏著下巴，思考地說：

「萊姆和檸檬，都是氣味非常強烈的柑橘類水果，要是果汁沾到手上，就算洗過手仍能殘留一陣子。所以那名女性，一定是紙張上殘留的萊姆氣味，來判出紙張的主人是誰的。」

不過此時的我，發現了最後一個問題：

「可是問題是，就算萊姆的氣味很強烈，能夠殘留在手上很久，且也能染上觸摸過的東西。但除非距離非常接近鼻腔，不然的話，應該也很難察覺到那張紙上頭殘留著萊姆的氣味。而且一般人，通常也不會主動去聞紙張的味道。所以那名女性究竟是什麼原因，才會將紙張貼近自己的鼻腔處呢？」

「這點很簡單──」

智桃露出已經明白解答似地笑容說：

「在許多場合上，行為舉止較為矜持的女性，在笑的時候不都會作出用手掩住口鼻的動作嗎？」

我恍然大悟地瞪大眼睛道：

「──原來如此！」

我直視著林御勝那血紅色的雙眼，並將這個謎題的答案說了出來：

「完整的事件是這樣的吧──

在你們提出為了認識彼此，決定由男方在紙條上寫下自己的名字，並由女方抽到對應的名字，進行兩人一組的雙人合唱之前，你們小酌了一杯。

而當時──林御勝學長，你說自己最喜歡的調酒是自由古巴，想必你對自由古巴的口感要求特別嚴苛吧？」

我豎起食指指著對方，接著道：

「並且你一如往常也點了這杯雞尾酒，卻發現味道並不符合自己的預期，覺得萊姆味不夠而自己從杯角裝飾用的萊姆片，擠了一點萊姆汁進去。

由於萊姆汁氣味強烈的特性，所以當你在紙條上寫下名字，並放入衛生紙盒內的過程中，紙張沾上了萊姆的氣味。」

隨後我捏起下巴，一邊思考一邊繼續說了下去：

「接著當女方抽出紙條後，發現男方竟然有兩人剛好同名同姓，我想因為這個逗趣的巧合，在場的人一定都會產生笑意。

也因為這樣，抽到你名字紙條的那名女性，當笑的時候為了保持矜持，將拿著紙條的手掩住了口鼻，並在那個瞬間聞到了紙張上的萊姆味。

只要看現場是誰曾經使用過萊姆，就能輕易地知道紙張的主人了。」

我揚起嘴角，並說出了最後的結論：

「也就是說，那名女性光從紙條的名字；也就光靠『視覺』是無法指認紙張主人是誰的。相對地，光從氣味；也就是『味覺』而不看紙上的名字，同樣也無法指認紙張的主人。所以你才能回答『是；但也不是』這個答案——這就是這道謎題的解答。」

林御勝忽然閉上了眼睛，並沉默了一會兒。

接著從桌面上站起身子，邊拍手邊佩服地說：

「真是了不起，比我想像中還要快就找到答案呢。」

我稍稍吐了口氣，但隨後又嚴肅了起來。

雖然費了一些功夫，並解開了兩道謎題，但遊戲還沒結束——

「不過接下來，才是遊戲真正的開始——

我承認你們確實非常有實力，而且有資格讓我提出第三道謎題的內容。

可是資質能不能超越我，並讓我認同你們才是真的有資格尋寶的人，就要看第三道謎題的結果了。

「那麼，我要出題了——」

林御勝露出至今我看過最狡猾的表情，並對著我們說：

「就在剛才午休結束時，位於體育F樓二樓的玩偶縫紉社，發生了一起兇殺案，但案發現場卻是密室的狀態，請問這是怎麼一回事呢？」

聽見如此不知所云的題目，讓我和另外兩名少女都頓時陷入了沉默。

## 02

由於「兇殺案」這令人極為不安的詞彙，我迅速趕往位於「F2F4」的玩偶縫紉社。

當我一踏上二樓走廊時，就能聽見一陣女孩子的哭聲從走廊前方傳來。

在經過「現代舞蹈社」與「射箭競技社」後，位於「擊劍社」的斜對面看見了目的地——玩偶縫紉社。

一到現場，便看見有兩名女學生，面露驚恐地互相依偎縮在一起。

見狀，我趕到玩偶縫紉社的入口，並往裡面一看——

出現在眼前的景令我頓時感到一陣驚悚——

大量已經乾涸的紅色液體噴灑一地，還有一道細長的拖痕一路延伸至走廊。

往液體的來源看去，位於玩偶縫紉社社辦內，正對門口的牆面前方，一隻等身大的玩偶熊癱坐在那。

而熊的身體，就像被人用刀刺了好幾下似地棉花綻開，前半身也被大量的液體給噴了整片鮮紅。

我慌張地看了看四周，除了那隻玩偶熊之外並沒有任何人的屍體，才理解林御勝所說的「兇殺案」，遇害者並不是活生生的人，而是一隻玩偶熊。

這讓我鬆了好大一口氣。

然而在這個同時我才知道，那哭聲是兔子學姊——江崎婷所發出來的。
她以鴨子坐的姿勢，緊緊抱著玩偶熊的右手大哭。
「呿，只是區區一隻玩偶而已，是要哭到什麼時候？」
此時，一陣煩躁的女聲從後方響起。
回頭一看，發現一名將頭髮挑染成紫紅色的少女，環著胳臂表情不屑地依著門板。
她口中嚼著口香糖，與我四目相對的時候，還無趣地吹出粉紅色的泡泡。
與此同時，智桃和昕遙也趕到門口。
看到這景象的他們，也露出了鐵青的表情。
小不點少女率先對周圍的女學生發出疑問：
「這到底是發生了什麼事？」
兩名互相依縮的少女，似乎因為緊張而出不出話來。
我對著她們解釋：
「放心，說是兇殺案，但遇害的只是一隻玩偶熊而已，不過……」
隨後我望向哭得不停的兔子學姊，此時對方似乎終於發現我們的存在，對著我哭訴般地喊道：
「——太過分了！太過分了的說！這是人家花了整整一學期，純手工縫製的等身大擁心熊的說！可是被人過分地弄壞了的說！」
江崎婷臉上掛著淚水，抿著嘴表情轉為憤怒地指向依著門板的少女。
「哼。」
後者咬破嘴上的泡泡，並不屑地別過頭去。
看見她的反應，江崎婷邊哭邊怒地喊道：

「嗚——！這是人家的學期成果的說，醬要我怎麼辦的說！」

面對這個指責，少女仍無所謂地嚼著口香糖，一副無關緊要的態度。

就在這時，林御勝悠悠哉哉地走進了玩偶縫紉社社辦，並一臉滿意的表情看著周圍的景象。

少女見狀，雙頰通紅並開心地喊道：

「勝哥！」

她一轉方才不屑的態度，跳至林御勝面前，攤開雙手展示這一切：

「你看、你看，成功了喔！」

後者摸了摸紫紅色的髮絲說：

「嗯！做得很好，小筑。」

看見兔子學姊心痛地抱著玩偶熊的樣子，對上少女及林御勝的反應，我沉下臉，心中燃起一股怒火，並問：

「這是你幹得好事嗎，林御勝學長？」

對方將視線移向我，淡笑著回應：

「是；但也不是。」

「我現在可不是在玩遊戲，給我認真回答我！」

我按著自己的胸膛，低吼：

「這是屬於尋物社本身的問題，不應該牽扯到其他人！」

昕遙也皺起眉頭，雙手捧著胸口說：

「我也覺得這樣實在太過分了，澍澤高中的學期成績，大部分都得依賴社團的成果……林御勝學長，你以前也是澍澤的學生，應該很清楚才對吧？」

我掄起拳頭，咬著牙說：

「但你卻為了自己的目的，把腦筋動到不相關的人身上！」

昕遙也露出悲傷且無法理解的神色說：

「尋物社是幫助別人才存在的社團，絕對不可能會去添別人的麻煩……但曾經也是尋物社社員的你，到底遇到了什麼事情，才會讓你變成現在這個樣子呢？」

此時嚼著口香糖的少女，伸出塗有彩繪指甲的食指，指著巨大少女說：

「社會人士有太多煩惱，是你們這些還沒出過社會、乳臭未乾的臭小孩無法體會的！」

昕遙捧著胸口回應：

「這樣說的話，妳不也是乳臭未乾的小孩嘛……」

「我跟你們不一樣！」

少女環抱住林御勝的手臂說：

「我知道勝哥的煩惱！」

「別說多於的話了，小筑。」

林御勝捏了捏少女的臉頰，隨後抬起頭來對著我們說：

「這樣吧——如果你們可以解開這道題目，並證明這是我做的，我就向玩偶縫紉社的指導老師坦承這一切，並且任何我能做的補償我都會做。」

他狡猾地瞇起眼睛道：

「但前提是，你們要能夠解開這道謎題才行——」

隨後，對方又重複了海龜湯遊戲的最後一道謎題：

「玩偶縫紉社發生了一起兇殺案，但案發現場卻是密室的狀態，請問這是怎麼一回事呢？」

我望著啜著泣的江崎婷……

原本那麼有活力的學姊，此刻竟然哭得這麼傷心。

想必她為了那隻等身大的玩偶熊，付出了多少心血，是我絕對無法體會的。

『是人家的草泥馬湯匙！人家最喜歡的草泥馬湯匙的說——！』

想起那名兔子學姊，連區區一把湯匙都能那麼愛惜。

說實話，替她找到愛惜的物品時，對方當下所露出的笑容，讓我非常、非常地滿足。

『謝謝你，學弟！』

我想再次看見那個笑容……

不，我想看見更多人露出那樣的笑容。

可以加入尋物社，並將自己的能力拿來幫助別人，我覺得是非常幸運的事。

但即使有這份幸運，要有所回報就應該付出努力。

所以現在，是我付諸努力的時候了——

為了讓兔子學姊重拾笑容，我有責任解開這一切的真相！

我伸出手，指著林御勝的鼻頭說：

「我會讓你輸得心服口服的，林御勝學長！」

「呵，別自以為是了，想解開勝哥精心設計的謎題，根本是癡人說夢！」

名叫小筑的少女回指著我的鼻頭說：

「別以為解開前兩道用來試探你們的謎題，就認為自己有勝算。這次謎題的程度完全不一樣，這點我清楚得很！」

「御勝學長說過了，他出的題目都是有唯一正確解答的謎題。而對我來說只要有答案，就沒有解不開的道理！」

我充滿決心地掄起雙拳低喊：

「與其害怕會失敗，不如什麼都別多想，只想著朝著那個正確答案努力，就絕對會有結果——這是尋物社教會我的事！」

聽到這裡的智桃，忽然閉上眼睛並揚起淡笑。

一旁的昕遙也捧著胸口，露出溫暖的笑容。

我堅定地直視著小筑，說道：

「而這點身為局外人的妳，是絕對無法體會的！」

對方擺出不屑的態度，並「呿」地一聲別過頭去。

我無視她的態度，對著仍傷心地抱著玩偶熊的兔子學姊說：

「崎婷學姊，我絕對會糾出弄壞妳寶貴玩偶的犯人，並讓對方付出相對的代價來補償妳的，所以請告訴我吧——妳對這件事妳所知道的一切！」

「學、學弟……」

兔子學姊抽下了鼻水，將臉上的淚水用手拭去，並露出不好意思的表情說：

「謝謝……就算我沒有到尋物社委託，也願意幫人家，真得很謝謝你的說……」

隨後她的表情又糾了起來，哽咽地說：

「可、可是，我根本不知道，這件事是怎麼發生的說……

當時我還在吃便當，是雅櫻學妹和雅晴學妹，到班上告訴我，社辦的大門被反鎖了的說，可是我從來不會鎖社團大門的說……

我拿著社辦鑰匙到現場，不管怎麼開，門還是鎖著的說……我又發現門縫底下，流出我用來填充擁心態愛心的紅色顏料……

當下想是不是我縫製了整個學期的擁心熊，手上的愛心破掉了的說……

為了快點處理，不讓顏料更深入棉花裡面，我趕快找了兩個路過的男同學，幫我把被反鎖的社辦大門撞開的說……」

她更加抱緊玩偶熊手臂的同時，一顆淚珠從臉頰上滑落，接著說：

「當門被撞開之後，就是這個景象的說……」

此時，我將視線轉向門口互相依縮的兩名少女，問道：

「妳說的雅櫻和雅晴，是她們兩個吧？」

江崎婷帶著哭腔回答：

「嗯……她們和林御筑三人，都是我好不容易找到的社團新生……」

我沉下臉看向林御勝身旁的少女，並問：

「妳該不會就是為了做出這些事，才加入玩偶縫紉社的吧？」

對方將雙手擺在在腦後，吹出一顆粉紅色泡泡，毫不在意地說：

「那又怎樣？」

我別開視線，聳了聳肩說：

「沒怎麼樣，只是想確認一下而已。」

「呿。」

少女將嘴上的泡泡吹破後，發出了不屑的聲音。

此時智桃從地面上撿起了一個物體，並對著我說：

「尋樂學弟，來看一下這個。」

走近一看才發現，她手上拿著是大門內側的把手。
玩偶縫紉社的社辦大門，是一扇深黑色的對開式木門。
此時兩面門板的內側把手，都像是被強大的外力給撞飛般，散落在地面上。
而門板把手的位置則脫落一層外皮，露出底下的新穎木質。
我稍微觀察了一下地面，在附近找到另外一個把手，以及一根類似腳踏車握柄的黑色空心鐵棍。
從鐵棍兩側掉漆的痕跡來推測，當時將大門給反鎖的東西，就是這個玩意兒了。
我將鐵棍從地面上撿了起來，瞧了一下後，對著兔子學姊問道：
「請問門是怎麼樣被反鎖的呢？」
對方指著我手上的物體，回答：
「被人不知道用什麼方法，用那根棍子從門的後面抵住把手的說……」
看來我想得果然沒錯。
我接著又問：
「那麼妳進入社辦的當下，有看見裡面有任何人嗎？」
兔子學姊搖了搖頭回應：
「沒有的說……」
我又看了看這個社辦的四周，這裡非常空曠也沒有窗戶。
周圍都是樸素的木牆，而兩側的牆前放著擺滿玩偶的金屬層架。
層架旁還有幾箱裝滿毛線球、包裝棉花以及縫紉工具的小紙箱。
並沒有任何可以藏身的地方。
作為一個社辦，這種擺設實在有點奇怪，因此好奇地脫口詢問：

「這裡一直以來都這麼空曠嗎？」

江崎婷淡淡地點了點頭，回答：

「因為這裡剛開始是芭蕾舞教室，後來又成為瑜伽社社辦的說。然後又在兩年前，瑜伽社廢社之後，才改成我們玩偶縫紉社的社辦的說……」

「原來如此。」

稍微整理了一下大致的可能性後，我又對著門口的兩名少女問：

「妳們從門被撞開時到現在，都一直待在門口嗎？」

兩名少女不約而同地點了點頭回答：

「對……因為我跟姊姊，都不知道該怎麼辦才好。」

「對……因為我跟妹妹，都不知道該怎麼辦才好。」

「那麼在門被撞開到現在，妳們有看見任何人從社辦裡離開嗎？」

她們兩人又不約而同地搖了搖頭，回應：

「沒有，從打開門之後到小筑同學來到這裡之前，只有崎婷學姊一個人在裡面。」

聽到這裡的智桃，環著胳臂，露出棘手的表情道：

「看來和林御勝說得一樣，真的是處於密室的狀態。」

我點了點頭回應後，觀察著大門的構造，並說：

「由於大門的設計，是朝社辦內側敞開的。

所以如果犯人要在犯案之後，將鐵棍擺在內側的把手上，讓門呈現反鎖的狀態，就一定得要在大門關上的時候。

而且放置棍子的人，也一定得要在社辦裡面才辦得到。

可是一但這麼做，犯人自己也會被關在裡面……」

我捏著下巴思考，接著說：

「再加上這裡完全沒有可以藏身的地方，還有一直待在門口的那兩個女生，都沒看見有任何人從社辦理離開。

表示犯人也不是先躲藏在某個地方，等門被撞開趁混亂的情況下離開現場的。」

此時當我把鐵棍暫時先放回原位時，發現手上沾到了一層骯髒的灰塵。

我拍了拍手弄掉髒灰之後，將注意力轉到玩偶熊身上、以及地面乍看之下就像血液的大量紅色液體，對著兔子學姊發出疑問：

「請問這些紅色的東西是什麼呢？」

「是紅色顏料的說……」

對方將側臉埋進玩偶熊的身體裡，接著解釋：

「我替它取名為擁心熊，是因為它原本抱著一顆愛心氣球的說……

可是能符合這個大小的氣球很少，好不容易找到適合的紅色心型氣球，卻又因為吹鼓了之後，原本鮮豔的紅色就變得好淡的說。

原本想過要用鋁箔氣球，可是我不喜歡硬硬的東西，所以還是堅持用普通氣球的說。

為了保持顏色的紅潤，也為了解決普通氣球會漏氣的缺點，所以我套了兩層氣球，然後又注入紅色顏料。

完成之後我很滿意，愛心水球又大又軟，咕溜咕溜好可愛的說，可是……」

說到這裡，她將整個臉都埋進了玩偶熊裡面，悶悶的聲音從熊的身體裡傳了出來：

「被人過分地刺破了的說……」

此時我發現地面的水跡，與江崎婷說的話存在著矛盾之處——

「可是如果是被人給刺破的話，那麼濺出來的顏料，為什麼會毫無阻礙地灑至周圍呢？」

江崎婷不理解地望著我問：

「……什麼意思的說？」

我更白話地解釋：

「我的意思是，如果當下有人站在玩偶熊面前，刺破了裝滿顏料的大型水球，那麼噴出來的液體，應該有一部分會印在兇手的身上才對。

另一方面，地面的水跡也會因為兇手的存在，出現被兇手身體阻擋的斷層，而不是毫無障礙地潑灑出去。」

兔子學姊沮喪地垂下頭回應：

「人家，不知道的說……」

此時位於門口的智桃，用指甲刮了刮門板的表面，隨後指尖便被染成紅色，讓她面露不解地說：

「凶器刺破水球的地方，一般來說也是水最先噴出的位置，然而水跡很明顯是朝門口的方向噴灑。所以凶器行兇的方向，一定就是從門口的位置；也就是兇手照理來說應該待在的地方。

可是水跡卻毫無阻礙地一路噴灑到門板上，也就是說當玩偶熊的水球破掉的當下，社辦裡面是沒有任何人的，這到底是怎麼回事……」

昕遙食指指尖底著下唇說：

「如果兇手人是在玩偶的背後，並將兇器朝自己的方向刺把水球給刺破的呢？」

我捏著下巴思考對方所要表達的意思，並問：

「妳是說類似歹徒拿刀挾持人質的動作，來刺破水球的吧？」

巨大少女點了點頭回應：

「嗯、嗯！」

「這有兩個問題——」

我首先豎起食指，解釋：

「第一，那隻玩偶熊的體型太過於巨大，光看江崎婷學姊現在抱著的樣子就知道了。一般人根本無法環抱住那隻玩偶的，更別說位於熊的正後方，手還能伸到正前方刺破水球了。然而水跡噴濺的方式，雖然最大流量是集中在正前方的，周圍的流量雖然沒有這麼多，但同樣也是毫無阻礙地噴灑出去，表示兇手也不是在玩偶熊左右兩側的位置行兇的。」

隨後又豎起中指，接著道：

「第二，如果兇手真的能如妳所說，位於玩偶熊的背後行兇，最終還是落到兇手該如何離開反鎖密室的這個問題。」

昕遙鼓起雙頰，陷入一會兒的苦思後，才擠出一個問題：

「所以兇手是不在社辦裡面，讓水球破掉的囉？」

聽見這句話，我認同地點了點頭回應：

「這大概是最有可能性的推測了。」

昕遙像是想到什麼般，右拳敲擊左掌說：

「該不會用的是鞭炮之類的東西吧？譬如水鴛鴦之類的！這樣的話，在點燃之後不就可以先離開現場，等它把水球炸破嗎？」

我看向玩偶熊的周圍，只有破碎的氣球皮散落在地上，因此搖了搖頭反駁：

「我覺得不太可能，因為如果是這樣，那麼地板上應該會殘留爆裂物的殘骸。

而如果說是兇手後來回收殘骸，那麼地面上的顏料，也會留下殘骸曾經存在過的痕跡才對，然後問題也又回到兇手如何進入又離開密室的環境？

再加上，如果是利用爆炸來炸破水球，那麼水跡噴濺的方式，應該是朝四面八方噴灑，而不是主要的流向朝正面噴出，以水痕的噴灑模式來看，一定是被利器給刺破所導致。」

「可是這樣的話，疑點就更多了不是嗎？」

昕遙皺著眉頭，露出百思不解的表情問：

「因為照你們這麼說的話，兇手行兇時不在現場，可是凶器又是利器，那麼犯人到底是用什麼方式行兇的呢？

更何況，如果兇手用利器刺破了水球，由於人不在現場，但凶器是刺破水球的主因，所以凶器一定會在現場吧？

但是那樣的話，凶器又是在什麼地方呢？

如果兇手將兇器回收的話，那兇手又是用什麼方是回收兇器的呢？

還有，智桃學姊發現水跡還噴濺到門板上，所以當水球破裂的當下，大門還是關著的吧？

可是要怎麼樣才能隔著關上的大門，從外面對著裡面的玩偶熊行兇的呢？

人不在現場、大門又是關上的狀態、現場也沒有凶器、還讓現場呈現反鎖的密室，到底要怎麼做，才能同時辦到這些事的呢？」

「這樣的話，結論就只有一個——」

我咬著母指指甲，說出連自己都無法置信的推論：

「在行兇到回收凶器的這段過程當中，社辦裡並沒有任何人。」

昕遙臉色鐵青地說：

「除非兇手有超能力，不然我根本不相信能夠辦到這種事！」

「與其毫無根據地做出結論，不如依靠更有依據的來源。」

智桃用拇指指了指林御勝，並對著我說：

「可別忘了這是海龜湯遊戲，我們有權力對出題者提出問題。」

「說得也是，差點就忘了。」

我轉身面向紅眼男性，並提出這道謎題的第一個問題：

「犯人在刺破水球的當下，是否在社辦裡面？」

對方露出一抹淡笑，回應：

「是；但也不是。」

我焦慮地咬住拇指，低喃：

「這到底是怎麼一回事……」

此時智桃露出了似乎明白了什麼的表情，接著問：

「刺破水球的人是你嗎？」

林御勝仍然回答相同的答案：

「是；但也不是。」

「完成整件事的人是你嗎？」

「是；但也不是。」

「我知道是怎麼回事了。」

智桃覺悟似地閉上了眼睛，說出了一個事實：

「我想任何對謎題有所進展的問題，他都能夠回答『是；但也不是』這個答案。」

昕遙露出難以置信的表情道：：

「這怎麼可能呢……」

我頓時想到了一個可能性，而將視線轉向一旁的林御筑，臉上滑下一顆冷汗說：

「我想是有可能的——只要兇手再請一個人，重複做了相同的犯案手法，就能達到這個條件。」

聽到這裡的林御筑，嘴上掛著粉紅色泡泡，露出驕傲的表情回望我。

隨後昕遙露出更加混亂的表情問：

「可是對於『犯人在刺破水球的當下，是否在社辦裡面』這個答案的解答，仍然為『是；但也不是』又是怎麼回事呢？」

我咬著拇指指甲，說出自己也不願意承認的事實：

「大概是犯人除了有『兩名』、並重複了相同的犯案手法以外，他們還重複了『兩種』犯案手法；也就是位於『社辦內犯案』，以及『社辦外犯案』。」

昕遙彷彿腦筋無法負荷般，雙手捧著太陽穴喃喃：

「也就是說，整件犯案過程，一共有四種版本嗎……」

「可以這麼理解。」

智桃環著胳臂，表情陰沉地說：

「這樣的話，我們無論問什麼問題，都不會有進展的。」

她接著不甘心地咬了咬牙說：

「他在這道謎題中，設計了一條死路。」

昕遙怯怯地又問：

「可是……水球只有一顆吧？怎麼可能連續刺破兩次……不對，或許是刺破四次水球呢？」

智桃絕望地閉上了眼睛，回應：

「氣球的構造中，有個部位即使刺穿了也不會破——只要刺破的地方是在打結位置上方的注氣口，也算是『刺破了水球』，但水並不會從那個地方溢出。」

為了證明林御勝真的為了這個謎題，重複了四次犯案手法，我仔細檢查水球破碎的殘骸，並找到打著結的注氣口部位。

我將那個部位的殘骸撿起並拉長，能清楚發現上頭有兩個破洞。

「看來智桃學姊說的是事實。」

昕遙露出沮喪的表情說：

「所以我們，真的陷入死路了嗎……」

「不——」

我捏著下巴，不放棄地思考著任何可能性，接著說：

「以我們的推測，犯案手法一共有四種版本，但氣球注氣口卻只有兩個破洞，也就是說有一種版本是『真正』的犯案過程；也就是水球整個被刺破的那次——只要找出那次的『真正的犯案手法』就行了。」

昕遙毫無信心地喃喃：

「可是以這種情況，我們不管問什麼，謎題都不會有進展的……」

「為什麼需要提問呢？」

「咦？」

「現在的情況，已經不是『謎題』，而是『案件』了！」

我指著紅眼男，對著巨大少女及小不點少女喊道：

「他只是想利用『海龜湯遊戲』，來轉移我們對事情的思維罷了——

雖然前兩次的謎題，都必須依賴出謎者的回答，但這次事發的結果及線索全都在我們眼前。必須把這次的謎題，不當作海龜湯遊戲來看，而是真正的犯罪現場來推理出犯案過程才行！」

智桃聽到這裡，露出恍然大悟的表情。

我接著說了下去：

「以目前的狀況，問問題只是在浪費時間而已，畢竟我們只會得到模稜兩可的答案，而這也是林御勝學長的目的，因為我們的時間限制只到下午三點整。

我想他之所以會設計出這樣的謎題，就是為了讓我們在其中的環節裡打轉，直到時間結束。」

我捏著下巴道：

「犯人不在現場、大門又是關上的狀態、現場也沒有凶器、還讓現場呈現反鎖的密室；這一切連貫起來才造成這次的事件，所以糾結在事件的個別環節中是不會有進展的——」

隨後抬起頭來，堅定地直視著智桃與昕遙說：

「我們必須看透全局才行！」

此時林御勝冷笑了一聲，並拍了拍手說：

「真了不起，竟然能這麼快看穿我的布局。」

隨後他沉下了臉，露出狡猾的笑容道：

「不過這一切的手法也是我精心設計，可不會讓你這麼輕易找出真相的。」

「如果因為你這麼說就感到退怯的話，那麼此刻的我也不會以尋物社社員的身分，為了寶藏跟你玩這場遊戲了。就如同寶藏的謎題一樣，即使再困難，我也會想盡辦法破解並找出寶藏——」

我豎起食指，指著對方說：

「你不惜重複了那麼多次的犯案手法，這是你將寶藏占為己有的決心。」
接著又將大拇指指著自己道：
「相對地，我絕對會設法破解你的手法，則是我想將寶藏占為己有的決心。」
我按著自己的胸口低喊：
「因此我們之間，是慾望與慾望的對決——而我的慾望告訴我，絕對要找出謎題的解答，無論是這次的遊戲還是寶藏的謎題都是！」
林御勝閉上眼睛笑了幾聲，回應：
「你可真是個有趣的人呢，學弟，正常人都不會說自己是個很有慾望的人，因為這代表他很貪心，但你卻能老實地闡述出來。
不過你說的正是事實，畢竟人之所以想尋寶，就是因為自身的慾望，因此我也認同你的想法。」
隨後他微抬起下巴，俯視著我說：
「但我才是真正有資格找出寶藏的人，一決勝負吧——學弟！就讓我看看你所說的慾望，到底到達什麼樣的程度！」
「我會很快就讓你明白的……」
我捏起下巴，讓思緒進入最認真的狀態，接著說：
「目前為止的結論是——在行兇到回收凶器的這段過程當中，社辦裡並沒有任何人，而門又是關上的情況。」
隨後我退到一旁的層架，用更廣的角度觀察整個環境後說：
「由於社辦門口與玩偶熊，大約相隔五公尺左右的距離，因此我推測，兇器一定是能夠穿過門板、且長度是至少五公尺以上的長型武器，或是能飛行五公尺以上的遠距離武器。」

此時智桃將兩扇對開的木門給關上，並仔細觀察了一會兒後，豎起小指測量門縫的距離，並說：

「兩扇門之間的縫隙，小到似乎無法讓一張墊板穿過。不過門邊與門底的縫隙較大一些，但也只能勉強讓我的小指指尖穿過而已，所以兇器的厚度不會大於三毫米左右。」

「厚度低於三毫米的兇器嗎……」

昕遙食指指尖底著下巴，思考地說：

「如果是美工刀的刀片，應該就能輕易穿過門縫吧？」

我捏著下巴回應：

「是這樣沒錯，但犯人行兇距離至少五公尺，美工刀片是不可能擁有這樣的長度的。」

「──我知道了！會不會是把刀片黏在捲尺的前端上呢？」

昕遙就像想到了什麼似地，雀躍地說：

「捲尺就跟美工刀片一樣，厚度低於三毫米，但可以伸長好幾公尺，而且捲尺本身的設計，兇手行兇完之後也能輕鬆回收不是嗎？」

為了證明昕遙的推測，我走到玩偶熊身邊找尋一些線索。

玩偶熊身上有四處綻出棉花的傷痕，如果犯人的目的只是為了弄破水球的話，應該沒有必要連同玩偶本身也刺穿才對。

此刻想到什麼的我，繞到玩偶熊的後方，對著一旁的兔子學姊道：

「崎婷學姊，不好意思，我必須觀察一下玩偶熊後方的牆壁，能不能請妳稍微退開一下呢？」

「……的說。」

對方點了點頭後，才依依不捨地放開玩偶熊的手臂。

隨後我小心翼翼地推開玩偶熊的身體，讓原本被玩偶熊給遮蓋住的牆面露了出來──

此時我發現，部分的木牆上，對應玩偶熊綻出棉花的位置，一樣有四顆圓形的小凹洞印在這裡。

而凹洞內的顏色，明顯與木牆深褐色的外皮不同，是白黃色的木質，應該是沒多久之前才造成的凹洞。

另一方面，有意思的是，四個凹洞裡只有一個殘留紅色的顏料。

雖然還不知道原因是什麼，但能確定的是，那個殘留顏料的凹洞，應該就是兇手刺破水球後的副產品。

綜觀以上的線索，讓我能夠對昕遙的推論作出反駁：

「我想使用過捲尺，並測量兩過公尺以上物體的人都知道，捲尺到達一定的長度，就會因為本身的重量而垂下，何況是五公尺的距離，應該是沒有足夠的支撐力可以刺破水球的。」

隨後我指著玩偶熊身上，綻出棉花的位置說：

「另外如果兇手的目的，只是為了弄破水球的話，那麼沒有必要連同玩偶熊也一起刺破才對，但玩偶熊的身上卻有四處破損的傷口。

再加上玩偶後方的木牆上，還有四處與傷口對應的四個小凹洞，表示兇器並不只劃破了玩偶熊的身體，而是還貫穿了玩偶熊後還一路匝進後方的木牆裡。」

說到這裡的我，因為真相逐漸浮現而笑著說：

「到目前為止的線索，要推測出兇手使用的是什麼類型的兇器，已經是輕而易舉的事了。」

昕遙苦惱地鼓起雙頰說：

「可是我一點想法也沒有耶……」

此時智桃無奈地聳了聳肩，對著巨大少女解釋：

「兇手如果使用的是能夠拿在手上控制的長型武器，絕對不會留下這麼多餘的線索，表示凶器一定是使用無法精準控制力道與距離的遠程武器。」

「一點也沒錯。」

我點了點頭，認同智桃的觀點說：

「而我想這些多餘的線索，應該是兇手在不可抗力之下所留下的。因為要達到只刺破水球的這個目的，使用能夠精準控制力道的長型武器是最好的選擇。」

我指向社辦的對開式木門，接著說：

「可是在這樣的密室環境中，兇手勢必得穿過大門的這個障礙行兇才行，但門縫卻有三毫米的寬度限制。

絕大多寬度數低於三毫米，但長達五公尺的東西，同樣也有本身重量的限制而變得脆弱。」

隨後我捏起下巴，試著想像自己在這樣的情況下，該如何達到眼前的結果，推測地說：

「我想兇手應該顧及到——若刺破了水球，但兇器卻斷在現場，那麼一切的工夫豈不都白費了？

而若是厚度僅三毫米、長達五公尺的堅固物體，我想學校中應該沒有這樣的東西。

就算有，通常也是無法拆卸或褶疊的東西吧，因為厚度僅僅三毫米，應該沒有足夠的空間可以設計組裝機關才對——

若是兇手在人來人往的校園中運送這麼長的物體，一定會被人關注的。

所以在這樣的情況下，兇手最好的選擇，就是使用遠程武器了。」

聽到這裡的林御筑，嘴巴上的粉紅色泡泡忽然破掉了。

而林御勝面對這個反應，則持續保持著平靜。

這時，巨大少女又提出了一個疑問：

「可是兇手要怎麼回收遠程武器的投射物，不也是頭痛的問題嗎？」

「只要在投射物後端，綁上釣魚線之類，可以事後回收的線段就可以了——」

我彈了個手指，順勢指著地面上的紅色顏料。

當中有一道細長的拖痕，一路從門底縫下延伸至走廊。

「雖然不是很明顯，但我在進入玩偶縫紉社社辦之前，就發現有一道延伸至走廊的拖痕，我想那就是兇器被回收時所留下的痕跡吧。」

隨後我沿著拖痕一路走到走廊上，接著說：

「這個拖痕是從噴灑的顏料主體中延伸出來的，從被抹開的痕跡來推測，就像是顏料還沒乾的時候，有什麼東西在地面被拖著走的樣子，這進一步證明了犯人是利用收束線段來回收兇器，才會製造出這樣的拖痕。」

此時智桃也從社辦裡走了出來，並對著我問：

「投射物是貫穿了玩偶熊，並匝在後方的木牆上吧？」

我點了點頭回應後，對方又用下巴指了指社辦裡的玩偶熊說：

「如果兇手要能夠回收兇器，並讓玩偶熊保持在原地，投射物的長度應該是大於五十公分。因為玩偶熊的身體厚度，也大約五十公分左右，如果投射物小於這個長度，在貫穿玩偶熊並匝在木牆上的時候，就會整個陷入玩偶熊的身體裡。

一但整個陷入玩偶當中，投射物的後端會有很大的機率，被玩偶的表皮或棉花給卡住。

這樣的話兇手在回收投射物的同時，也有可能會連玩偶熊一起拖著走，所以投射物的長度，一定是大於五十公分的。」

小不點少女環著胳臂，露出苦思的表情說：

「但這樣的話，問題就在於要發射五十公分以上，並擁有貫穿玩偶熊殺傷力的武器，應該也是體積不小的東西，就如同方才你所說——要將大型物體在校園中運送，是不可能不被注意到的。」

「所以兇手所使用的發射器，甚至連投射物，有很大的可能性是就地取材而來的——」

我用食指指尖敲了敲自己的太陽穴說：

「就像剛才我說，厚度僅三毫米、長達五公尺的堅固物體，在這個學校中或許沒有這樣的東西，因為至少在我腦海中的認知裡，並沒有這樣的物品存在。」

隨後我半舉起右手，用拇指指了指走廊旁邊說：

「但能夠發射五十公分長的投射物，並具有貫穿玩偶熊，且匝在木牆上殺傷力的發射器，就在這裡垂手可得的地方——」

智桃往我所指的方向一看，表情先是沒有任何變化。

直到她抬頭看見上方的一個東西，才頓時露出恍然大悟的表情道：

「原來如此。」

此時昕遙小跑步來到走廊上，往相同的地方看去，先是愣了一下後，才歡呼似地喊道：

「——射箭競技社！所以兇器就是弓箭了吧！」

智桃搖了搖頭，否認：

「雖然我認同發射器是弓，但並不認為投射物是箭。因為就我看過的箭矢，直徑都與我的食指差不多，是不可能穿過寬僅三毫米的門縫。

再加上大部分的箭，都是設計成在射穿物體後難以拔出的樣式，所以在回收時，也一定會連同玩偶熊一起拖著走的。」

此時智桃將身體面向走廊的另外一側，接著說：

「所以投射物一定是厚度低於三毫米，並且是前細後粗的流線型物體，兇手才能順暢地回收。」

昕遙仍無法理解地問：
「那……兇器究竟是什麼東西呢？」
小不點少女揚起嘴角，閉上眼睛回憶似地說：
「有次我跟父親在觀看奧運賽事的時候，父親曾跟我開過一句玩笑——」
隨後她抬起頭來，食指指著斜對面的上方說：
「擊劍比賽感覺就是在『鬥牙籤』一樣。」
巨大少女露出似懂非懂的表情喃喃：
「……擊劍社？」
聽到這裡的我，已經將事件的一切真相給拼湊出來了，勝利地淡笑了一聲後，對著小不點少女說：
「智桃學姊，麻煩妳去擊劍社裡拿妳認為是兇器的東西，我會去射箭競技社借一把弓過來的。」
隨後將視線轉向一旁的巨大少女說：
「至於昕遙學姊，妳則負責在現場監督那兩個人，別讓他們有更動現場的機會。」
似乎無法跟上進展的昕遙，有些措手不及地回答：
「好、好的！」
在我離開前，瞥見林御勝及林御筑兩人，神情開始變得凝重。

## 03

由於目前社箭競技社的社辦裡沒有人在，所以我就自己暫時借用了一把複合弓，回到玩偶縫紉社的現場。
此時，智桃早已經拿著一把練習用的銳劍在門口等著我了。

看見我們倆人都回來的昕遙，單手捧著胸口，露出擔心的神色看著小不點少女問：

「這就是妳認為的凶器嗎……智桃學姊？」

對方將銳劍縱放在身前，淡笑著回應：

「嗯，應該不會有錯。」

「可是我怎麼看，都覺得那把劍都不可能穿過門縫的空間耶……」

昕遙皺著眉毛，百般不解地偏著頭問：

「劍尖那個圓圓鈍鈍的東西，能不能刺破水球的問題先不說，劍柄上的護盾、還有劍柄都遠遠大過門的縫隙了呀？」

「沒有接觸過擊劍的人，都會是這麼認為的吧。」

此時智桃一手捏著劍條，一手抓著劍柄，彎了彎具有彈性的劍條說：

「不過由於我家庭的因素，所以從小就被教導必須學會各種兵器的用法，擊劍理所當然學了一段時間，因此知道擊劍的構造——」

隨後她開始轉動劍柄，沒過一會兒劍條就和劍柄互相分離了。

「咦！」

看到這個景象的昕遙，詫異地驚呼出聲。

小不點少女見怪不怪地說：

「這是比賽用的『電銳劍』，劍條是可拆式的，劍尖上橢圓形的東西叫作『電劍尾』，是在接觸同樣接電的護具時，顯示哪方被擊中的裝置。」

智桃開始搖晃名叫劍尾的東西，沒過一會兒也將它拆卸了下來，隨後又指著劍刃另一端，像是子彈殼的物體說：

「而劍條下方與護盾相接的東西是『電劍頭』，是讓電銳劍通電使劍尾發揮功用的裝置。只要將電銳劍條的劍頭與劍尾拆除，就是一個厚度不超過三毫米，並長度超過五十公分的投射物了。」

說完後，她便開始扭轉名叫電劍頭的裝置，也沒多久就將它卸下，只留下細長的銳劍劍條了。

接著，智桃將玩偶縫紉社社辦的其中一扇門板給關上，並將手上的劍條從門邊的縫隙中插了進去——

結果細長的劍條，毫無阻礙地通過了門縫。

證明自己的推測後，小不點少女挑起眉毛，露出了滿意的笑容說：

「雖然體育項目的擊劍武器不具殺傷力，而劍條本身也有彈性，可是只要拆下劍尾，讓劍尖露出並奮力一刺，還是能夠刺破皮肉的。」

隨後她將劍刃從門縫裡拿了出來，並將劍刃當作指棒指著我手上的複合弓說：

「至於利用弓箭射出去的動量，要能刺破水球後又貫穿玩偶熊的棉花身體，我想絕對是綽綽有餘。」

我接下智桃手上的銳劍劍條，接著望向社辦裡的紅眼男性說：

「既然已經知道兇器以及行兇手法了，那麼就來把整件事情的過程說明清楚吧——」

對方雖然表情稍微凝重，但仍一臉不認為自己會輸的模樣。

不過到了這個地步，我不認為自己的推理會錯誤，因此將一切的推論從頭開始說起：

「首先，犯人在犯案之前請了一位『助手』，進行了至少兩種不同的犯案本版。

這麼做是為了在『海龜湯遊戲』的問答中，無論我們問什麼問題，都能回答『是；但也不是』這種模稜兩可的答案。

但對於『犯人在刺破水球的當下，是否在社辦裡面？』這個答案，仍可以回答『是；但也不是』這個答案。」

我豎起四根手指，接著道：

「這代表犯人與他的助手也在『社辦內』與『社辦外』，又進行了一次犯案手法；也就是說，一共有四種犯案本版。」

此時我收起三根手指，只保留食指說：

「不過即使如此，仍有一個『真正的犯案手法』；也就是讓水球真正破裂的那次。」

隨後我往地面上的顏料指去，解釋：

「然而顏料噴灑的方式，是毫無阻礙地噴灑出去，甚至一路噴至門板上，表示水球破裂的當下，社辦內是沒有任何人的。由此可知『真正的犯案手法』，是兇手在『社辦外』所完成的。」

聽到這裡的林御筑，臉上明顯滲出冷汗。

看來我目前為止的推理是正確的，因此繼續說了下去：

「另一方面，犯人為了重複完成犯案手法，『刺破水球』也是必要手續之一，可是為了刺破水球，卻不讓顏料噴灑出來，唯一的辦法就是選擇刺破『注氣口』。」

我豎起食指與中指，接著道：

「但注氣口只有兩個破洞，我想就是代表著，犯人與他的助手『在社辦內犯案』的兩種版本。」

隨後我捏起下巴，說道：

「可是除去『真正的犯案手法』不說，當作幌子的犯案手法，包括『社辦內犯案』的兩種版本在內，應該還有一次是在『社辦外』的犯案手法才對。

但為什麼水球的注氣口只有兩個洞，而不是三個洞，我想原因是——犯人與他的助手沒辦法在『社辦外』的犯案手法中，刺破面積那麼小的注氣口。

這更證明了犯人與他的助手在社辦外犯案時，使用的不是能夠精準控制的長型武器，而是遠程武器。」

此時我豎起食指，指著玩偶縫紉社社辦內的玩偶熊說：

「遠程武器不好操控的證明，就是玩偶熊身上的傷痕，以及木牆上的四個小凹洞。可是木牆上只有一個凹洞殘留紅色顏料，我想那個凹洞意味著『真正犯案手法』完成後，所留下來的副產品。

因此犯人與他的助手，一共嘗試了四次射擊，在第四次才成功射穿水球。」

隨後我將社辦的其中一扇門板給關上，將單隻眼睛從門邊縫中看進去。

縫隙的前方正好對上玩偶熊的位置，紅色顏料噴灑出來的模式，也是正朝這個方向潑過來的。

「另外犯人與他的助手，究竟是使用什麼樣的兇器，才能穿過寬度僅約三毫米的門縫，貫穿水球與玩偶熊的身體，又不需冒著被人關注的風險，將兇器攜帶進人來人往的校園中呢？」

我退離門板，舉起手上的複合弓以及劍條說：

「解答就是玩偶縫紉社附近的『射箭競技社』以及『擊劍社』。

射箭競技社提供犯人用來當作發射器的『弓』。

而擊劍社則提供了用來當作投射物的『銳劍劍條』。」

我確認門縫前方附近都沒有人後，將劍條後端抵著弓弦，接著作出拉弓的姿勢說：

「所以這就是——」

隨後將劍條尖端一部分插入門縫中。

「犯人刺破水球的手法。」

放開劍條的瞬間，弓弦累積的能量灌入劍條，一道銀光掠入了社辦內，並發出一陣刺入木牆裡的聲音。
我放下複合弓，並推開門板，銳劍劍條雖然因為本身的重量與彈性而向下彎曲，但仍釘在前方的木牆上。
看到這個景象後，我露出得意的笑容道：
「而犯人只需要事先在劍條後端，綁上堅韌的魚線，就能在刺破水球之後，從門外拉扯魚線，把劍條從密室狀態下的社辦內回收了。」
接著將視線轉向一旁的紅眼男性問：
「我說得沒錯吧，林御勝學長？」
面對我的視線，對方身旁的紅紫髮少女怯怯地往後退了幾步。
但此時，林御勝低著頭，雙肩開始抽動了起來——
「哼呵呵呵……」
他舉起右手，掩住自己的雙眼冷笑：
「呵哈哈哈哈哈……」
在場的人都因為他詭異的笑聲而陷入沉默。
過了一會兒，他才止住自己的笑聲，並緩緩放下手，一雙血紅色的眼睛俯視著我道：
「你的推理中，有著非常致命的破綻！」
對方攤了攤手，狡猾地笑著說：
「從頭到尾，你都沒有提到『我是如何造出密室的』，你該不會忘記這個房間，剛開始是被一根鐵棍給從裡面反鎖的吧？」
隨後他豎起食指，接著道：

「還有另一點……你該不會忘記門有『門軸』的存在吧？」

林御勝再次恢復輕鬆的態度，提出一連串的質疑：

「你方才說得並沒有錯，我們所使用的兇器，確實是複合弓以及銳劍劍條。

可是，你說犯人是利用魚線來回收劍條的話，那麼顏料的拖痕是從門縫底下延伸至走廊，不就很不合理嗎？

因為如果事先在劍條上綁上魚線，並從門邊縫射入劍條的話，那麼魚線的線段，應該會夾在上下兩個門軸之間。

因此拉扯魚線回收劍條，拖痕最後消失的地方，應該會在兩個門軸之間的門邊縫，而不是門底縫吧？如果回收路徑，是從門底縫延伸至走廊的話，勢必得從門底縫射出劍條才行，可是在那種角度射出，是不可能命中玩偶熊的！」

他狡猾地瞇起了眼睛，指著我問：

「但事實卻是——顏料拖痕是從門底縫延伸到走廊的，也就是說我在用回收劍條時，是從門縫底下回收的，你要怎麼解釋這件事呢？」

面對這些質疑，我只是淡淡地閉上眼睛，輕笑了一聲回應：

「你錯了，林御勝學長。」

隨後充滿自信地直視著對方，並按著胸口道：

「我的推理中沒有破綻，你所說的問題，只是因為我的推理『還沒結束』而已。」

見狀，林御勝的輕鬆表情又沉了下來。

我繼續說了下去：

「犯人回收兇器的方式，是用魚線之類堅固的線質，綁在劍條上來回收這個推論，我想並沒有錯。

因為犯人必須確保用來回收的線不會斷裂，才不會讓反覆的四次犯案手法付諸流水。

而你的質疑也是理所當然的——如果是從門邊縫射入劍條，線段確實會夾在兩個門軸之間。因此拖痕的路徑，照理來說應該也會是兩個門軸之間的門邊縫才對，可是拖痕卻是從門底縫下消失的，乍看之下似乎只有從門底縫射入劍條才有可能。

不過另一方面，只有從門邊縫射入劍條，才有可能命中玩偶熊，這我剛才從門縫裡看進去確認過了。

但要如何跨過門軸，讓回收劍條的路徑變成門底縫呢？其實手法很簡單，只需在回收劍條時『多一個步驟』就可以了——」

我捏著下巴，思考著說：

「犯人只要在劍條刺穿玩偶熊之後，從門邊縫放入更長的線段，讓線段垂掛至地面，再使用細長的工具——例如將前端彎成鉤狀的鐵絲——把門後垂掛至地面的線段勾出門底縫，並從門底縫收線，這樣就能將劍條從門底縫的位置給拉出來了。」

我笑著對眼前的紅眼男性，再次問道：

「我說得沒錯吧，林御勝學長？」

對方表情開始變得沉重，臉上也開始滲出汗水，又問：

「那你要怎麼解釋，鐵管是怎麼反鎖大門呢？」

我淡笑了一聲，反問：

「犯人都可以用魚線回收銳劍劍條了，又為什麼不能用相同的手法，把鐵管牽引到把手上呢？」

我再次捏起下巴，思考地說：

「犯人的手法是這樣的吧——在鐵管上同樣綁上線，並從門的把手中間穿過線段，接著再從門邊縫延伸出來。

這樣關上門之後，只要拉扯門邊縫露出來的線段，就能牽動鐵管，依循線段的路徑，來到門把中間的位置，這麼一來就能將對開的大門給反鎖起來了。」

「呵——你錯了！」

林御勝指著地面上的鐵管，臉上掛著汗珠，僵硬地笑著提出質疑：

「鐵管上可沒有綁著任何線段，因為同樣用魚線綁著牽動鐵管的話，我又要怎麼隔著門板回收那條綁在鐵管上的魚線呢？」

「我沒有錯，錯的人是你，林御勝學長。」

我指著對方的鼻頭說：

「犯人用來收回銳劍劍條的線，或許是較堅固的魚線，但我可沒有說牽動鐵管的線，同樣也是魚線。我想犯人用來牽動鐵管的線，應該是『導火線』才對——也就是鞭炮或炸藥的『引信』吧！」

聽見這句話，林御勝臉上的笑容中於被擊潰，轉為挫敗的表情。

看見對方這個反應，讓我更有自信地繼續說出自己的推論：

「只要使用長度夠長的引信，就能在牽動完鐵管之後，對著末端點火讓它化成灰燼。

就因為如此，所以犯人才會選擇較輕的中空鐵管，而鐵管微彎的構造，我想就是腳踏車把手的一部分吧，因為腳踏車通常都是使用較輕的金屬。

犯人之所以要使用這種零件，我想就是為了讓引信在牽動鐵管時，不會因為太重而斷裂。

而犯人或許認為，選擇引信當作牽引鐵管的工具，燒掉之後就能像消失一樣神不知鬼不覺，但當我觀察鐵管時，發現手上有不自然的灰燼，就察覺了這個可能性。」

我堅定地指著對方低喊：

「這，就是一切的解答！」

「——不對，你還沒有完全答對！」

林御勝扭曲地笑著喊道：

「我們的手法可是有四種版本，刺破水球的犯案手法卻只有一種，而犯下那『真正犯案手法』的人，我和小筑倆人都有可能！如果你要完全達對這個謎題，就得證明出真正的犯案手法是誰做的才行！」

此時智桃不耐煩地嘆了口氣說：

「到此為止了，御勝學長，你這個問題只是彆扭地詭辯而已。」

我拍了拍小不點少女的肩膀，搖了搖頭說：

「不需要證明。」

接著直視著眼前的紅眼男性，義正嚴詞地道：

「因為你自己承認了，林御勝學長——『我在用回收劍條時，是從門縫底下回收的』，你剛才說過這句話，沒錯吧？」

聽見這句話，對方就像被擺了一道似地瞪大了雙眼。

「我之所以不一次完整地作出推理，就是為了套出你的話。

因為我早就知道，你會提出是誰行兇的這個問題。

畢竟這個問題，並沒有任何線索可以證明，因此是你最後的防線。

不過回收兇器的拖痕，代表著刺破水球的那一次『真正的犯案版本』所留下來的線索，然而你卻不打自招地說出了這句話——

『我』在用回收劍條時，是從門縫底下。

當你說出這句話的同時，就已經承認自己是犯人了！」

我露出如我所料的勝利笑容說：

「如果你有發現的話，剛才我在推理的過程中，都沒有使用針對你、或是針對林御筑同學的詞彙，而都是用『犯人』以及『他的助手』來稱呼。

但你卻在說出關鍵點時，說出『我』這個稱呼，這代表著什麼，我想在場的所有人都明白吧？」

我指著林御勝的眉心，道出最後的解答：

「刺破玩偶熊水球的兇手就是你，林御勝學長！」

對方用難以置信的渙散眼神直視著我。

我毫不躲避這樣的視線，按著自己的胸口堅定地喊：

「你還有什麼狡辯，全都說出來沒關係，我會逐一破解的！」

接著掄起雙拳，充滿自信地低吼：

「我才是真正有資格找出寶藏的人，繼續出題吧——學長！如果你對我的推理還有質疑的話！」

見狀，林御勝咬著牙發出不甘心的低鳴。

接著他垂下頭，讓劉海遮住自己的雙眼。

一旁的林御筑皺著眉頭，擔心地喚了一聲：

「……勝哥？」

「還沒結束……」

林御勝發出極為冰冷的聲音，低吼：

「還沒結束——！」

接著露出已經失去理性的表情，抬起頭來對著我吼道：

「你們還沒答出四種手法的執行順序，所以……」

但在他抬頭的瞬間，口中的話頓時止住了——

「夠了，阿勝。」

而此時，一陣溫柔的陌生女聲從我的後方響起：

「你已經輸了。」

我愣愣地回頭一看——

不知何時，我們身後站著一名金褐色的長髮女性。

對方一臉哀傷地對著林御勝說：

「而且，輸得很徹底。」

後者睜大雙眼，彷彿不敢相信自己眼前的景象說：

「綵柔……社團長？」

「是前十屆尋物社的社團長——陳綵柔！」

智桃也難以置信地直視著那名女性喃喃：

「為什麼會出現在這裡？」

此時巨大少女站了出來，站在金褐髮女性的身邊，哀傷地望著地面坦承：

「是我把綵柔學姊找來的。」

隨後，她從裙子口袋中，拿出了一隻螢幕亮著的智慧手機說：

「一直以來，智桃學姐都想找到第一屆尋物社社員的線索，所以我曾經把歷屆社員的聯絡方式，全都調查了一遍。

雖然仍找不到第一屆社員的線索，不過御勝學長……你當時的社團團長我可是知道的。

在來到玩偶縫紉社的路上，我就事先和綵柔學姊聯絡上了，並且從剛才到現在，手機都保持著通話的狀態，就是為了讓學姊趕來的同時知道現場的情況。

我想只有身為當時社團長的綵柔學姊，才能阻止現在的御勝學長吧……」

林御勝露出既挫敗又憤怒的表情吼道：

「為什麼要多管閒事！又為什麼總是要阻饒我的呢！我只是想拿回屬於自己的東西，而且對於尋寶的資格也是公平競爭，這麼做到底有什麼錯！」

「一個真正的尋物社社員，是不會做出這種事情的——！」

一直以來，表現都是個溫柔學姊的昕遙，此刻所發出的怒吼讓我與在場的所有人都愣住了。

隨後她掄起雙拳，雙肩微微顫抖，哽咽地低喃：

「傷害別人也好、給人添麻煩也好、破壞社團的規則也好……」

接著又抬起頭，對著林御勝吼道：

「尋物社社員是不可能會做出這樣的事來的！」

林御勝愣了一下後，垂下頭來讓劉海遮住自己的雙眼。

昕遙雙手捧著胸口，表情哀傷地說：

「我一直這麼相信的……相信第一屆的尋物社學長姐們所留下來的尋物社，都是能夠為將來的澍澤學弟妹們，帶來美好的回憶及教誨……不管是其他人也好、還是社員也好——」

此時她就像是想要喚醒林御勝什麼般地大喊：

「這次找綵柔學姊過來，就是希望你可以想起尋物社所教會你的事情！」

「我一直都沒有忘記啊——！」

後者低著頭吼了回去，接著咬了咬牙，低喃：

「就是因為沒有忘記……所以……」

接著抬起頭吼道：

「所以我現在才會站在這裡，想盡辦法也要得到寶藏啊——！」

「阿勝……」

名叫陳綵柔的女性，用像是母親安撫孩子般的溫柔語氣說：

「把實情說出來吧，只要坦白的話，我想大家一定都能體諒的。」

林御勝雖然因為她的話，心情稍微沉澱了下來，但卻低垂著頭沉默了許久。

「勝哥……」

一旁的林御筑，皺著眉頭露出心疼的表情，握住了對方的手。

此時後者也掄起自己的五指，將前者白皙的小手給包裹起來，語氣平靜地喃喃：

「對不起，小筑，是我錯了……」

聽見這句話，林御筑的表情忽然糾了起來，喃喃：

「勝哥……」

隨後，林御勝的表情忽然轉變成懊悔，對著前方的女性問道：

「綵柔學姊，妳還記得當時，我是怎麼加入尋物社的嗎？」

「我……」

後者單手捧著胸口，點了點頭回應：

「當然記得。」

陳綵柔露出了一副，會發生這一切，與自己似乎也有關係的慚愧表情道：

「一個一年級上學期，都沒有參加社團的學生，期末成績卻總是能保持及格。

而且在某一天，那個人隨手解開了我設計的社團招募謎題，將空白的入社申請表交給我後就一走了之，好像對什麼都不感興趣，我費盡心思才好不容易說服他加入尋物社。」

此時她露出感傷的眼神望著林御勝說：

「而那個人就是你，御勝學弟。」

後者忽然淡笑了一聲，垂下頭說：

「在加入尋物社之前，我是一個不知道自己目標在哪裡的人，過著日復一日的無聊日子，對什麼都提不起勁。」

他嘲笑著自己般，望著自己的雙手說：

「可是加入尋物社的那段日子，是我最快樂，我最無法忘懷的回憶。幫助有困難的學生，還有解開寶藏謎題，讓我覺得每天都過得很充實。」

隨後他掄起雙拳，閉上眼睛道：

「但畢業之後，我發現自己頓時失去了目標，因為當時的我一直以來的目標，就是找到那傳說中價值一億元的寶藏。

我沒辦法忘懷找到寶藏的成就感，還有被綵柔學姊妳認同，那些快樂是任何事情都沒辦法比擬的！」

此時林御勝忽然鬆開了雙手，眼神轉為懊悔地說：

「但是現在的我，是不是讓妳失望了呢，綵柔學姊？破壞了社團的規則，畢業之後不能再插手寶藏的這項規定……」

他的表情忽然糾了起來，哽咽地喊：

「可是……我真的沒辦法找回和當時一樣的充實感，還有那種快樂的感覺啊！」

陳綵柔露出了非常自責的表情道：

「對不起……御勝學弟，是我當時沒有察覺到你的心情，還有尋物社以及玩偶裁縫社的學弟妹們，都是因為我的關係所以才會……」

「才不是這樣呢——！」

這時，昕遙的大喊打斷了對方的話：

「才不是這樣……綵柔學姊，這不是妳的錯……御勝學長，你破壞了尋物社一直以來傳承的規定，還有弄壞崎婷學姊的擁心熊這點確實是不對的！」

此時昕遙流下了眼淚，不過那掛著淚水的臉上，卻擺出非常溫暖的笑容。

她邊擦去臉上的淚水，邊笑著說：

「但是我打從心底相信，幫助著大家的尋物社社員，本質都應該是善良的！就算是被寶藏吸引，但過程中還是幫助了人不是嗎？」

聽見這句話的林御勝微微瞪大了雙眼。

昕遙望著對方繼續說了下去：

「御勝學長，你的才華不會因為畢業而消失的。你就是你，被綵柔學姊認同的你，還有能夠破解寶藏謎題的你，是絕對不會被取代的。」

此時昕遙站到我和智桃倆人面前，接著說：

「所以請答應我，別再插手寶藏的事了，別再破壞尋物社傳承下來的規則了，因為這樣的話，你不就等於否定了尋物社的本質了嗎？」

林御勝露出既哀傷又自嘲的表情說：

「啊……妳說的……一點也沒錯。」

「你擁有原本的一切，既然如此就不應該害怕能夠做什麼，而是你可以替誰做到什麼，既然不知道目標是什麼，那麼……」

昕遙忽然攤開雙手，充滿活力地道：

「就再次去尋找吧，就像加入尋物社時一樣！只要是正確的事，就算失敗了，也總比什麼都不做要來得好，畢竟……」

隨後她將視線轉向我，對著我眨了單隻眼睛道：

「若什麼都不去改變，那麼就只能維持現狀不是嗎？」

我愣愣地抬起頭，看向前方的巨大少女——

即使平常是名助手，但此刻高大的背影，就像山一樣令人感到安心。

當一個人能夠接納、包容並解決事情的同時，就宛如山岳一般偉大。

——原來如此。

多虧這個景象，我隱約察覺了寶藏的第三道謎題解答了！

陳綵柔露出了放心的表情道：

「看來尋物社現在，有非常好的社員正在守護著呢。」

林御勝也認同地點了點頭說：

「是啊，原來真正無知的人是我才對，還真是不對起……」

「與其口頭道歉，不如……」

此時昕遙對著一旁的江崎婷，露出溫暖的笑容說：

「大家一起重新做一隻擁心熊吧！江崎婷學姊，是獨自完成這隻大熊的吧？」

兔子學姊身體怔了一下，眨了眨眼回應：

「沒、沒錯的說。」

昕遙偏著頭笑了笑說：

「如果大家一起做的話，一定很快就完成的，所以大家一起幫忙吧！」

這時一旁的林御筑怯怯地舉起手說：

「我……我也是玩偶縫紉社的社員，所、所以也會幫忙的。」

隨後林御勝騷了騷臉，對著兔子學姊說：

「雖然我不期望妳可以原諒我，但畢竟是我弄壞的，而我也會實現諾言，為這件事情負責到底。」

雅櫻與雅晴也不約而同地高舉起右手說：

「我和姊姊也會一起幫忙的！」

「我和妹妹也會一起幫忙的！」

智桃揚起眉毛，淡笑了幾聲說：

「雖然我不會使用針線，不過趁現在學一點新技能也不是什麼壞事。」

陳綵柔掩著嘴笑了笑說：

「縫紉是嗎？我小時後也常常玩，所以對這個很拿手喔。」

我攤了攤手，無奈地說：

「既然身為社團長的智桃都參與了，就把這次當作社團的聯誼活動也不錯。」

「大家……」

兔子學姊此刻終於再次展開笑容，張開雙手一次攬住雅晴、雅櫻以及林御筑三人，接著高喊：

「玩偶縫紉社很久沒有這麼熱鬧的說！能跟很大家一起做玩偶，人家覺得很開心的說！」

看見江崎婷終於恢復原本的活力，大家都不禁笑了出來。

到現在我才明白，原來不是只有頭腦好才算聰明。

聰明的方式有很多種。

而昕遙學姊懂得借用大家的力量，解決光靠推理無法解決的事情。

我想，這就是屬於她的聰明吧……

此時，林御勝將視線轉向我說：

「你們的確，讓我輸得心服口服。」

陳綵柔也將注意力轉到我身上，說道：

「尋物社的社員一屆比一屆還要優秀了呢，真是令人開心。」

林御勝認同地點了點頭，接著說：

「許智桃學妹、楊昕遙學妹，還有張尋樂學弟……」

包括我，被點名到的另外兩名少女，也都將視線轉到他的身上。

對方語重心長地對著我們說：

「我真心希望找出寶藏的是你們，因為對我來說，你們是最有資格擁有那些寶藏的人選。我想以你們的能力，絕對能發揮寶藏的最大價值吧？」

## —07—

〈存放於心中的寶藏〉

為了迎接未來的下一站，我將這些重要的時光如同至寶存放在心中，並會好好記住寫下這封信的時間。

——6月15日

## 01

下午三點的鐘聲響起——

我拿著謎題正本，與智桃、昕遙三人，來到行政A樓的穿堂中。

此時，智桃仍對著我提出在路上已經反覆提出三次的質疑：

「你說你解開了這道謎題，這是真的嗎？」

我無奈地回頭對著她說：

「到了目的地之後我就會說明清楚的，就再忍耐一下吧。」

小不點少女挑起眉毛攤了攤手說：

「破解謎題可是一件大事，身為社團長的我怎麼可能不過問。」

一旁的巨大少女輕笑了一聲說：

「呵，智桃學姊到了這種時候，總是特別焦躁不安呢。」

智桃露出半信半疑的表情道：

「能在短短幾天內破解了第一屆尋物社社員的謎題，我實在不能相信。」

我將視線轉向前方的穿堂出口說：

「就快到了，妳很快就能明白的。」

小不點少女的聲音再次從後方傳來：

「要是你的推論錯誤的話，我可不會輕易饒過你的喔。」

我聳了聳肩，沒有對這句話作出回應。

接著我們踏出了穿堂，來到校門口前的廣場。

隨後我拿起手上的謎題正本，邊往一個方向走去，邊說：

「那麼，我將謎題上的內容逐一解說吧——」

我帶領兩名學姊走到廣場的正中央，並抬頭看向上方鐘塔的圓形時鐘說：

「首先，先從右下角，原本是藍色汙漬，後來被我使用炭筆刷出痕跡的線索；也就是正右的角上畫有類似時針的箭頭，以及正下的角寫著『18』的十六角星開始說起——」

我將視線轉回手中的謎題內容，接著捏起下巴解釋：

「正十六角星是澍澤高中的校徽，然而校徽最顯而易見的地方，就是行政A樓面對校門口那側的鐘塔時鐘，有個非常大型的十六角星。

而正如我們當時推測的，十六角星正右角的時針，就是代表著下午三點鐘塔內所出現的線索；也就是銅鐘只有在那個時間點才會將開口朝下，並露出裡面的易經八卦。

比對謎題內容中的側臉；也就是半個『盃』的形狀，我們得出『山』、『火』及『水』這三個訊息，這正是我們到目前為止所膠著的地方。」

說到這裡，我將食指指尖牴著十六角星的正下方說：

「不過我們還遺漏了一個線索——」

此時兩名學姊都將頭湊了過來，望向我指著的地方。

我接著說了下去：

「如果十六角星正右角的時針，代表著下午三點的話，那麼設計這道謎題的人，又為什麼還要多此一舉，在正下角寫上『18』來表示下午六點呢？

實際上那個『18』，並不是代表著下午六點，因為仔細看的話，這霉點的大小能遮蓋的範圍，就只有一個數字而已。

然而我們當時之所以推測是下午六點，是因為18之後隱隱約約能看現的『0』而認為是『18：00』，但事實上是『180』才對。

從這點來推測，十六角星所代表的意思，我想並不是澍澤校徽而已，還有一種十六角星能夠與正下角的『180』有所聯繫，那就是──」

此時我抬起頭來，望著兩名學姊說：

「羅盤上的方位圖示。」

「原來如此……」

智桃露出恍然大悟的表情，接著揚起嘴角說：

「羅盤上的十六角星，代表的就是十六個方位──分別為東、西、南、北，還有東南、西南、西北、東北，以及東南東、南南東、南南西、西南西、西北西、北北西、北北東、東北東；共十六個方位。所以180所代表的就是方位的角度吧──360度代表正北方、90度代表正東方、180代表正南方、270表示正西方。

所以謎題上十六角星正下方的180，所代表的就是正南方的位置才對。」

「一點也沒錯。」

我點了點頭認同智桃的推論後，繼續推理起來：

「回到我們在鐘塔上所得到的線索──也就是易經八卦中艮山的『山』、離火的『火』，以及坎水的『水』，這三個元素就是這道謎題接下來的考驗。

不過光從『山』這個元素我們就陷入了死胡同，因為尋物社流傳下來的寶藏故事內容中提到，寶藏是被藏在『澤高中的某個角落』。

所以即使澍澤高中東方有一座山，我想寶藏的線索，也不可能連繫到校園以外的地方吧。」

此時我將視線轉向巨大少女，接著說：

「直到剛才在玩偶縫紉社，看見昕遙學姊提出借用大家的力量來解決問題時，那令人安心的背影，才發現了一個事實——」

對方回應我一雙疑惑的眼神，我則用下巴指了指前方說：

「山所指的或許不是真正的山，一個人只要偉大，也能像山岳一樣可靠。然而在這個校園中，具有偉大的象徵、並擁有『山』這個字的人物，就在我們面前——」

兩名學姊都朝我指向的方向看去——

「呵。」

此時智桃自嘲地笑了一聲後說：

「明明每天上下學都會看見，但我為什麼一直沒有想到呢？」

而昕遙看見位於那個地方所立著的雕像，驚喜地喊道：

「是國父孫中山先生！」

「沒錯。」

我點了點頭後，用拇指指了指位於國父像右側，一座圓形的噴水池說：

「山所代表的，我想就是位於校門口廣場中央的國父孫中『山』雕像，而旁邊又剛好是符合『水』元素的噴水池，這麼一來就符合『山』與『水』這兩種元素了。」

「那麼代表『火』元素的東西，又是什麼呢？」

智桃環著胳臂，左右環顧了一圈後，仍無法找出答案地說：

「在這個的廣場上，雖然有符合『山』的國父雕像，以及符合『水』的噴水池，剩下的就只有國父像左側的花圃，並沒有任何關於『火』的東西。」

「妳錯了，智桃學姊。」

我舉起右手並豎起食指，露出奪得先機的笑容說：

「擁有強大火元素的東西，時時刻刻就在我們的眼前——」

接著我將食指指尖，朝天空上方高掛的艷陽指去。

智桃一手遮在眉毛上，露出終於明白一切的表情說：

「你還真的是……優秀地令人毛骨悚然呢。」

我淡笑了一聲，並又繼續推理下去：

「再回到謎題上的十六角星符號，代表著下午三點的十六角星，以及代表著南方的十六角星，兩者是一體的。而兩種意思聯結起來，所代表的應該就是『下午三點的正南方』吧？」

隨後我走到噴水池前方，並轉身朝國父像的方向看去，接著說：

「現在正是下午三點的時段，東升西落——所以太陽應該位於偏西方的位置。

我早上到學校的時候，就發現太陽是位於行政A樓後方的，而現在則是位於行政A樓的前方。所以進入校門口往行政A樓的方向看去，前方就是東方、後方則是西方。

而現在我若從噴水池正中間，往正國父像看去的話，太陽的位置又剛好是在左上方，由此可知噴水池位於正南方的位置。」

我舉起手中的謎題正本，將視線聚集在左上角的旭日旗說：

「位於下午三點的正南方噴水池，太陽的位置位於左上方，而謎題上的旭日旗也正好是在紙張的左上角，這麼一來答案也呼之欲出了。

我父親留下來的日本旅遊手冊上，有提到關於日本國旗的解釋——」

我捏起下巴，回想起當時所閱讀的手冊內容說：

「傳說中，日本是由天照大神所創造，日本的天皇都是天照大神的子孫，因此日本國旗當時被命名為『天皇旗』，後來又被改名為『日章旗』或『日之丸』。

但正如智桃學姊所說，謎題上的這面旗並不是日章旗，而是海上自衛隊所使用的『旭日旗』。紅日偏左邊，並有十六條光線從紅日放射至旗幟邊緣，因此旗幟位於左上角的位置，才是紙張真正的閱讀方向。

不過旗幟上的紅日都代表著『太陽』的意思，因此左上角的旗幟，應該就是指太陽所在的位置。這麼一來，謎題上的旭日旗所代表的意思也解開了——」

我高舉起手中的謎題正本，並將旭日旗與天上的太陽重疊。

就在這個時候，由於陽光穿透的關係，讓紙張變得有些透明。

而在呈現透明的情況下，我發現題謎中間側臉外型的線條，與從側面看國父像時，國父手中托著的大風衣邊緣，連接至肩膀的輪廓幾乎完全符合！

為了讓線條與國父像的輪廓重疊，我繞過噴水池並逐漸往後退，且在路途中不斷調整自己的位置。

在謎題線條與國父像的輪廓重疊的剎那，我發現右下角的十六角星也正好對到噴水池的位置！

左上角的旭日旗重疊天上的太陽、中間的線條重疊國父像的輪廓、右下角的十六角星對準噴水池的火、山、水，三者連接在一起後，我發現謎題中央線條的右邊；也就是紙張中心偏上方一處打叉的中央——

位置，正好對準了國父像左側的襯衫口袋。

似乎是發現我的表情產生了巨大的變化，智桃揚起眉毛，玩味地問：

「你發現什麼了嗎？」

我放下手中的謎題正本，接著跑到小不點少女的面前，並將手中的謎題塞入她的手中說：

「國父左側的襯衫口袋！」

語畢，我便等不及地快步跑到國父像下方，並爬上雕像的台座。

在近距離的情況下仔細一看，國父左側的襯衫口袋周圍，都有極小的縫隙。

我吞了吞口水後，伸出手將口袋往前一推——

正方形的袋發出石質摩擦的聲音後陷入內側，緊接著又往左側退去，從後方露出了四個數字的密碼鎖。

四個密碼數字，都停在「9」的位置。

看到這個景象的我先是僵了一下，努力從腦海中挖掘出任何可能的線索——

『尋物社的成立日期是九月二十三日……零、九、二、三！』

想到這裡的我頓時睜大雙眼，接著對下方的兩名學姊大喊地問：

「小『n』學姊留下的信，內容提到的時間是幾月幾日？」

智桃露出疑惑的表情問：

「怎麼了嗎？」

「這裡有個密碼鎖，但是謎題到目前為止，都沒有任何關於密碼的線索，不過小『n』學姊所留下來的信，最後有一句話是這麼說的吧——」

我用拇指指著自己胸膛偏左側，也就是國父像密碼鎖的位置，同時也是「心臟」所在的地方。

「為了迎接未來的下一站，我將這些重要的時光如同至寶存放在心中，並會好好記住寫下這封信的時間。」

「如同至寶……存放在心中……」

智桃就像忽然想到什麼似地說：

「——六月十五日！」

原本望著小不點少女的昕遙，得到答案後轉頭對著我大喊：

「是六月十五日喔，尋樂學弟！」

「六月十五是嗎，我明白了……」

我伸手撥動密碼鎖上的數字，並依序調整成零、六、一、五。

然而就在最後一個數字被我調成五的瞬間，密碼鎖的外殼忽然彈飛了出去——

我愣愣地望著掉落至地面的金屬外殼一會兒，並吞了吞口水做好心理準備後，才回頭看向失去外殼而敞開的內側。

裡面放著一個和我的拳頭差不多大的木盒，而木盒上方還放著裝在夾鏈袋裡的紙張。

我戰戰兢兢地伸手將木盒與夾鏈袋從裡面拿了出來後，裡面的某個機關因為失去木盒的重量而跳了起來，隨後襯衫口袋外型的石質又闔了回去。

我望著手中的物品一會兒，才將裝著紙張的夾鍊袋移至木盒下方，並打開木盒的蓋子。

木盒裡面是由紅色軟墊所鋪成，而軟墊上靜靜地躺著一只懷錶。

懷錶的材質是由能反光的褐金色木質所製成，仔細看的話，還能發現木質上美麗的輪煙狀花紋。

而木質邊緣，還鑲反射著耀眼金光的老虎外型金屬雕刻。

另外懷錶頂端，掛著一條直徑大約兩毫米左右的金色鍊條。

我小心翼翼地打開懷錶的蓋子，發現蓋子內側刻著「明石元二郎」的字樣。

而錶盤外殼，鑲著琉璃般美麗的鏡面。

鏡面左側，還有一個從邊緣金屬所延伸過來的老虎咆哮側臉外型。

另外錶盤內的刻度與羅馬數字，也都是閃爍著金光的金屬。

這個懷錶已經不會動了，錶盤上的時針停在三點的位置，而分針與秒針則重疊停在十二的位置。
我將這只懷錶從盒內拿了出來，因為它美麗的外型而陷入短暫的著迷。
躺在手上時，也傳來十足的重量。
讓我直覺性地知道，這只懷錶一定價值不斐！
明白這件事的我，腦袋頓時陷入一陣空白，心跳也逐漸加快了起來——
此時雙手手心開始冒出冷汗，我為了不讓汗水影響到這件寶物，而趕緊將它收回木盒內。
隨後思緒才開始恢復運轉，心中開始浮現逐漸增強的雀躍及興奮，兩者交織讓我難以克制地揚起了嘴角。
並在此刻才發覺了一件事實——
「我……」
我對著下方兩名學姊高舉起手中的木盒，從來沒有過這麼興奮地大喊：
「找到寶物了——！」
聽見這句話的當下，昕遙雙手捧著胸口，露出極為開心的笑容，雙眼還滲出燦爛的淚光對著我回喊：
「真是太好了呢，學弟！」
「真是……完全敗給你了呢。」
智桃聳了聳肩，露出心情複雜的表情說：
「沒想到你真在這麼短的時間內找出寶藏，還打破了平均十年破解一道謎題的紀錄，真是太令人意外了。」
我對著小不點少女露出得意的笑容，並揮了揮手上的木盒說：
「當初說好的事，可別反悔喔，智桃學姊。」

對方彷彿已經知道我要說什麼似地，露出拿我沒轍的表情說：

「既然是靠你自己的力量找到的，那麼那件寶物，已經是屬於你的東西了。」

聽見這句話的當下，心中湧出想要大叫出聲的感情。

因為這樣，才讓我終於明白，自己真正想要追尋的東西是什麼了。

腦海不斷閃過從入學到現在一切的經歷與過程，並在經過無數努力後得到一件珍貴的寶物，這種感覺實在是……

非常、非常地快樂啊——！

## 02

找到寶物的幾天後——

智桃坐在社辦中央的書桌前，桌上擺著兩張老舊紙張。

那是當時與懷錶木盒一起發現的，放在夾鏈袋中的信紙。

而我則是把玩著手中的懷錶。

經過鑑定，這是年代約在西元一九一八年左右的寶物，也就是台灣日治時期日本高階軍官『明石元二郎』所配戴的——『金虎黃花梨木獵用式懷錶』。

錶的外殼是使用稀有的黃花梨木製成，並在黃花梨木上鑲著純度非常高的黃金，再加上老虎的雕刻功夫，也是大師級的作品。

鑑定師解釋，雖然錶針已經不會動了，但在經過將近百年的時間，還能保存得這麼好，幾乎沒有明顯的受損和外傷，算得上博物館級的寶物，據說市面上或許可以輕鬆賣到一百二十萬以上的價格。

此時智桃瞥了我一眼，接著問：

「所以這樣真的好嗎？把這個寶藏留在尋物社裡。」

我將手中的懷錶放至木盒內收好，淡淡地回應：

「嗯，這樣就可以了。」

——有些事情比金錢還要珍貴，我一直以來都無法理解這句話的含意。

畢竟只要有錢，有什麼東西買不到的？

然而現在的我，似乎有點理解了。

我坐正姿勢，揚起嘴角，對著前方的小不點少女說：

「畢竟我真正的目標，是那傳說中的一億元寶藏。」

「呵，我想也是。那麼你還是沒有任何想法嗎？」

對方拿起其中一張信紙，並對著我問：

「對於這次的謎題內容？」

我搖了搖頭回應：

「與其說是謎題，不如說我們連這上面所代表的訊息都還不清楚吧。」

我捏著下巴，思考地說：

「前兩道謎題的模式是，在找到寶藏的同時，會有下一道謎題的內容，以及第一屆社員所留下來的信，可是……」

隨後我拿起桌上的另外一張信紙，紙張有一面是完全空白，另一面則是印著藍色的玫瑰圖案。

而此時智桃手上的信紙，同樣一面完全空白，另一面則是紅色的玫瑰圖案。

「這次拿到的信紙，不僅沒有第一屆社員留下來的訊息，甚至連謎題內容都沒有，我們連如何開始都是個問題。」

「看來謎題的難度，一次比一次還要棘手了呢。」

智桃苦笑了一聲後，將手中的信紙扔回桌面上。

隨後從一旁的陶罐內拿出了草莓口味的小熊軟糖，並遞到我面前說：

「不過到目前為止，你都表現得非常優秀，所以我想不久的將來，你也能順利破解這次的謎題吧。」

我淡笑了一聲說：

「我會將眼光放得更遠的——」

接下小不點少女手中的軟糖後，堅定地回應：

「不只這次的謎題，還是下次的謎題，還是下下次的謎題，我全都會逐一破解，因為我真正的目標是那一億元的寶藏。

所以總有一天，我絕對會找出來寶藏並占為己有，這才是我加入尋物社真正的目的。」

智桃無奈地聳了聳肩說：

「我還以為你多少有改變了呢。」

隨後她對著我露出充滿決心的笑容說：

「不過這次或許讓你占了上風，但我可不會輸給你的——為了找出第一屆社員的下落，若不先找出寶藏可沒有面子和他們見面。」

小不點少女又從陶罐中，拿出一顆鳳梨口味的軟糖，並揚起眉毛直視著我說：

「所以那一億元的寶藏也是我的目標，豈能被你這個後輩給搶先呢？」

「只要大家一起找到，就沒有誰先誰後的問題了！」

這時巨大少女蹦跳地來到我們之間，也從陶罐中拿出橘子口味的軟糖，笑著說：

「雖然我沒有優秀的推理能力，但我會以一名助手的身分，好好地幫助你們的！」

隨後昕遙將手中的軟糖舉到我與小不點少女之間，接著高喊：
「所以一起努力吧——智桃學姊、尋樂學弟！」
我和智桃不約而同地笑了出來，並將手中的軟糖互相碰觸在一起。
沒錯——
自己一個人或許辦不到，但只要借用大家的力量，就可以達成自己沒辦法完成的事情。
將競爭改成合作，事情就會變得更加美好。
如果沒有昕遙學姊，我或許沒辦法明白這個重要的道理吧。
就算現在第四道謎題的內容，如同迷霧般毫無頭緒。
但我不會忘記學姊的教誨——
除了要抱持著絕對想發掘出寶藏的執著，以及擁有絕不放棄的毅力之外……
更重要的是擁有不怕失敗的決心，以及勇於嘗試的勇氣。
所以我會找出來的——
找到屬於尋物社，那充滿回憶的珍貴寶藏！
——這就是我追尋著被埋藏在這所學校裡，那價值一億元寶藏的歷程。
同時也是我繼「C」學長之後……
成為人稱「天才寶藏獵人」的故事——

（完）

要推理57　PG1866

要有光 FIAT LUX

學園寶藏代號『C』

I：澍澤高中寶藏傳說

作　　者　海　犬
責任編輯　喬齊安
圖文排版　周妤靜
封面設計　蔡瑋筠

出版策劃　要有光
發 行 人　宋政坤
法律顧問　毛國樑　律師
印製發行　秀威資訊科技股份有限公司
114台北市內湖區瑞光路76巷65號1樓
電話：+886-2-2796-3638　傳真：+886-2-2796-1377
http://www.showwe.com.tw
劃撥帳號　19563868　戶名：秀威資訊科技股份有限公司
讀者服務信箱：service@showwe.com.tw
展售門市　國家書店（松江門市）
104台北市中山區松江路209號1樓
電話：+886-2-2518-0207　傳真：+886-2-2518-0778
網路訂購　秀威網路書店：https://store.showwe.tw
國家網路書店：https://www.govbooks.com.tw
總 經 銷　聯合發行股份有限公司
231新北市新店區寶橋路235巷6弄6號4F
電話：+886-2-2917-8022　傳真：+886-2-2915-6275

出版日期　2018年8月　BOD一版
定　　價　310元

國家圖書館出版品預行編目

學園寶藏代號「C」. I : 澍澤高中寶藏傳説 / 海犬著. -- 一版. -- 臺北市 : 要有光, 2018.08
面 ;　公分. -- (要推理 ; PG1866)
ISBN 978-986-96693-3-7(平裝)

857.7　　107012382

# 讀者回函卡

感謝您購買本書，為提升服務品質，請填妥以下資料，將讀者回函卡直接寄回或傳真本公司，收到您的寶貴意見後，我們會收藏記錄及檢討，謝謝！
如您需要了解本公司最新出版書目、購書優惠或企劃活動，歡迎您上網查詢或下載相關資料：http:// www.showwe.com.tw

您購買的書名：________________________________

出生日期：________年________月________日

學歷：□高中（含）以下　□大專　□研究所（含）以上

職業：□製造業　□金融業　□資訊業　□軍警　□傳播業　□自由業
□服務業　□公務員　□教職　□學生　□家管　□其它________

購書地點：□網路書店　□實體書店　□書展　□郵購　□贈閱　□其他

您從何得知本書的消息？
□網路書店　□實體書店　□網路搜尋　□電子報　□書訊　□雜誌
□傳播媒體　□親友推薦　□網站推薦　□部落格　□其他________

您對本書的評價：（請填代號　1.非常滿意　2.滿意　3.尚可　4.再改進）
封面設計____　版面編排____　內容____　文／譯筆____　價格____

讀完書後您覺得：
□很有收穫　□有收穫　□收穫不多　□沒收穫

對我們的建議：________________________________

________________________________

________________________________

________________________________

請貼
郵票

11466
台北市內湖區瑞光路 76 巷 65 號 1 樓
**秀威資訊科技股份有限公司　　收**
BOD 數位出版事業部

（請沿線對折寄回，謝謝！）

姓　　名：＿＿＿＿＿＿＿＿　年齡：＿＿＿＿　性別：□女　□男

郵遞區號：□□□□□

地　　址：＿＿＿＿＿＿＿＿＿＿＿＿＿＿＿＿＿＿

聯絡電話：(日) ＿＿＿＿＿＿＿＿＿ (夜) ＿＿＿＿＿＿＿＿＿

E-mail：＿＿＿＿＿＿＿＿＿＿＿＿＿＿＿＿＿＿